MW01491196

Esto también es una casa

Seix Barral Biblioteca Breve

Cezanne Cardona
Esto también es una casa

© 2025, Cezanne Cardona

Diseño de interiores: © Juan Carlos González Juárez

Derechos reservados

© 2025, Editorial Planeta Mexicana, S.A. de C.V.
Bajo el sello editorial SEIX BARRAL m.r.
Avenida Presidente Masarik núm. 111,
Piso 2, Polanco V Sección, Miguel Hidalgo
C.P. 11560, Ciudad de México
www.planetadelibros.us

Primera edición impresa en esta presentación: septiembre de 2025
ISBN: 978-607-39-3114-4

Impreso en los talleres de Corporación en Servicios
Integrales de Asesoría Profesional, S.A. de C.V.,
Calle E # 6, Parque Industrial
Puebla 2000, C.P. 72225, Puebla, Pue.
Impreso y hecho en México / *Printed in Mexico*

En memoria de mi abuela Pancha,
por todas las hojas que rastrillamos juntos

Aún llevábamos las máscaras puestas
cuando llegamos a casa.

Truman Capote

DIBÚJAME UNA CASA

Me pidieron que hiciera un dibujo de mi casa y dibujé una ferretería. Saqué cero por no seguir instrucciones. Entonces vivía en una casa de madera encima de la ferretería de mi abuelo, pero pasaba más tiempo abajo ayudando a mi madre. Además, mi abuelo se había mudado con nosotros a la casa de arriba y ya no atendía la ferretería porque se estaba quedando ciego y había perdido las dos piernas por la diabetes; así que vivíamos con la mitad de mi abuelo. Como era imposible dibujar la casa de madera y la ferretería sin mi abuelo, dibujé las piernas cortadas de mi abuelo abajo, en la ferretería, y el torso en la casa de arriba. El problema fue que pensaron que yo era un asesino. Un cruel asesino. Creo que todos los niños cuando dibujan tienen algo de asesinos.

Con mi madre la cosa era distinta. La dibujé abajo en la ferretería, pero no parecía mi madre porque me tuvo cuando ella tenía catorce años, y la mayoría del tiempo parecía mi hermana mayor. Tal vez por eso prefería que la llamara madre y no mami ni mamá. Con mi padre era más fácil porque mi padre ya no quería ser ni mi padre, ni papi ni papá; iba y venía, o amenazaba con irse a los parques de Disney a soldar montañas rusas o el interior de dinosaurios mecánicos. No dibujé la careta de soldar de mi padre porque no quería que nadie sospechara de todas las veces que me la ponía, especialmente cuando mis padres se lanzaban mercancía en medio de una pelea o en despedida de año, que dormía con la careta puesta para evitar que una bala perdida atravesara el techo de madera y me matara. Tampoco dibujé el hueco de bala del letrero de la ferretería porque parecía más bien un acento mal puesto.

En Toa Baja nada parecía ser lo que era. La Base Naval de Sabana Seca, que quedaba frente a la ferretería, ya no era una base naval, pero no le habían quitado ni el letrero ni la verja de alambre de púas. Ni siquiera las ruinas parecían las ruinas de una base naval porque no había barcos abandonados. Lo único que hacía pensar que aquello había sido una base naval era el letrero, la escultura de un ancla en la entrada, el mar de pasto, las bolsas plásticas enredadas en la verja de *cyclone fence*, que parecían medusas, y la enredadera de flores lilas que crecía por los alambres de púas como coral en un arrecife. Aquellas flores lilas fueron lo único creíble de mi dibujo, tal vez porque las flores de enredaderas no necesitan casa. Y a mí solo me salían bien los dibujos sin casas o de casas que no parecían casas, como la mía.

No era que tuviera dos casas, sino que allí donde faltaba casa había ferretería y allí donde no había ferretería había casa. Dependiendo del clima o de la época del año, de la temporada de tiroteos o de la furia de mi padre, mi casa podría estar arriba o abajo. Si sonaban la alarma de inundación, nos íbamos a la casa de madera porque era más alta, pero cuando anunciaban huracán nos mudábamos abajo porque era de cemento. En verano podía fabricar una playa con la arena que vendíamos en sacos; en invierno podía fabricar nieve frotando los bloques de *foam* que venían con los regalos. En Navidades ponían un enorme y feo pesebre arriba, al lado del letrero que también era nuestro balcón, pero el árbol de Navidad lo ponían abajo, dentro de la ferretería; y, dependiendo de cómo andara la cosa con mi padre, mi madre

13

le ponía una estrella o un disco de cortar metal como estrella. Arriba habitaba la mentira, abajo la ficción; arriba éramos gringos y abajo puertorriqueños. Arriba amaba a mi padre, abajo lo odiaba; arriba quería salvarlo de la mordida de un dinosaurio mecánico, de esos que decía que arreglaría si se iba a Florida, pero abajo quería que el dinosaurio mecánico se lo tragara completito. Abajo se les ponían precios a las cosas, arriba no valíamos nada. Arriba éramos gente común y abajo gente de ferretería. En la casa de madera había espacio para colgar dibujos, pero no colgábamos nada. En cambio, en la ferretería no había espacio para colgar nada, pero mi madre prefería colgar mis dibujos en la ferretería. Y, según mi madre, uno es de donde cuelga sus dibujos.

Luego me pidieron que dibujara solo a mi madre y me fue peor. La maestra dijo que mi dibujo era «sucio» porque dibujé a mi madre con las tetas redondas y fuertes, casi de metal, con una camisa corta que mostraba su abdomen y su ombligo en relieve, como una rosa en miniatura, con unos pantalones apretados y bien cortitos, a punto de nalga, el pelo suelto y rizado, con un cigarrillo en una mano y en la otra un látigo. Pero aquello no era un látigo, sino el cable partido del televisor. Le expliqué a la maestra que, en medio de un forcejeo con mi padre, que nos quería robar el televisor, mi madre haló tan duro del cable que lo partió. «Dile a tu noviecita que si quiere ver televisión tendrá que venir a buscar el cable», le dijo a mi padre y luego dio un azote con el cable en el *counter* de la ferretería.

Aquella fue la primera vez que mi madre ganó una pelea. A partir de ese día mi madre y yo fuimos otros. Yo digo que fuimos turcos porque por esos días daban una famosa telenovela en la que a unos turcos le pasaban cosas parecidas a las que nos sucedían a nosotros, es decir que le pasaban «cosas sucias».

—¿A usted no le han pasado «cosas sucias»? —le pregunté a la maestra y ella abrió los ojos, tal vez porque le habían pasado «cosas sucias» y no quería decirlo, o porque se negaba a aceptar que algo de aquella trama turca, que algo de aquel doblaje, que algo de aquellas balas y de aquellos golpes, que algo de aquellas sobreactuaciones y de aquel paisaje se nos había metido a todos por las venas.

—¿Sabes dónde queda Turquía? —me preguntó y le dije que no, que la culpa de que yo no supiera dónde quedaba Turquía era de ella, que no nos había enseñado en clase casi nada de geografía porque nos ponía a dibujar todo el tiempo. Que te manden a dibujar quita las ganas de dibujar. Lo cierto era que yo no quería saber dónde quedaba Turquía. Lo único que me importaba era lo que Toa Baja tenía de Turquía o lo que Turquía tenía de Toa Baja; más bien, lo que Esmirna, el pueblo costero de aquella novela, tenía de Sabana Seca: casas pobretonas, casas que eran también negocios, negocios que eran también casas, casas que ya no eran ni casas ni negocios, largos llanos, dos o tres montañas, vegetación unas veces medio seca y otras demasiado verde, y la costa mugrienta similar a Playa Cochino o, en días más azules, a Villa Plebiscito.

Cuando me pidieron otro dibujo, esta vez sobre los oficios, tampoco supe qué hacer. Tanto en la casa de madera como en la ferretería, los oficios cambiaban. Cuando mi madre subía a la casa a atender a mi abuelo era hija y enfermera, pero cuando bajaba a atender la ferretería era empleada y algo esclava. Arriba yo era *bartender* secreto de mi abuelo (una tapita de ron a cambio de una trillita en la silla de ruedas) y abajo era policía de mi madre o espantapájaros de padrastros. Arriba yo le ponía los pañales a mi abuelo, abajo le ponía precio a la mercancía. Arriba era conductor de camiones de basura, abajo era astrónomo.

—Querrás decir astronauta —me dijo la maestra.

—No, eso jamás —le dije.

16

Y le expliqué que a mí no me había gustado la nueva película de Star Wars, que prefería las viejas, sobre todo aquella en la que la nave Millennium Falcon se metía por un cinturón de asteroides, huyendo de las naves orejonas de los malos, y se escondía en una piedra gigante en la que vivía un enorme gusano. Ellos no lo sabían y, cuando se enteraron, salieron huyendo de allí también y chocaron con toda clase de asteroides. Algo así me pasó una vez en la ferretería. Yo estaba huyendo de mi abuelo, que se había cagado encima y quería que yo lo limpiara, y cuando bajé a la ferretería me encontré en medio de una discusión, justo en el momento en que mi padre le tiraba a mi madre con una lata de cerveza. La lata rebotó en el *counter* y se detuvo en mi frente. Ese fue mi primer asteroide. Lo llamé: «Asteroide Coors Light, 001». Era gris, de ocho onzas y tenía un dibujo de una montaña de dos o tres picos. Me gustaba pensar que aquel dibujo de una montaña me rajó la frente. Desde ese día solo creo en esos dibujos que buscan abrir la piel.

Cuando en la sala de Emergencias le preguntaron a mi madre, ella achacó el golpe a que yo jugaba a los asteroides. Y le creyeron. «¿De qué otra forma los niños descubren la fuerza de gravedad sino así?». Uno de los médicos me dijo que él también quiso ser astrónomo, pero lo cambió por la medicina. Y de cierta forma era también astrónomo porque se la pasaba cosiendo heridas de asteroides como la mía. Empezó a hablarme del cinturón de asteroides que existía entre Marte y Júpiter, pero en realidad trataba de impresionar a mi madre. Mi madre recordó que había dado un informe oral en la escuela sobre eso y el médico le dio su número de teléfono. Salí con dos puntos de mariposa en la frente y un nuevo oficio.

«Todas las galaxias tienen cinturones de asteroides y este es el nuestro», me decía mi madre cuando ponía en órbita la mercancía para defenderse de mi padre. Y en la ferretería había todo tipo de asteroides, mejores que los de aquella película del espacio, que tenía mucho de novela turca. Por ejemplo, había asteroides que preguntan, asteroides mal hablados, llorones, pesados, livianos, malcriados; asteroides animales, humanos, quejosos, burlones, serios, y raspones. Pero lo más divertido eran los nombres que a veces mis padres le ponían. Por ejemplo, en manos de mi madre, un destornillador de paleta, un pistero de manguera o un *tape* de electricidad se convertía en el asteroide «Aquí tienes, mujeriego de mierda». En manos de mi padre, un chupón de inodoro, un rolo de pintura, una brocha se convertía en el asteroide

«Esto te pasa por celosa». Un mismo objeto podía ser asteroide «Cobarde» o asteroide «Borrachón». Un paquete de hilo de *trimmer* verde o rojo podía ser el asteroide «Jódete» o el asteroide «Lárgate». Casi toda la mercancía pequeña que colgaba de los estantes, entre la entrada y el *counter*, fue alguno de estos asteroides: «Bocón», «No vuelvas nunca más», «Pendejo», «Soy más linda que todas tus amantes», «Abusador», «Perra», «Cabrón», «Cuidado», «Ahí viene un cliente», «Le vas a dar al nene», «Me diste duro», «Me diste en la cara», «Me raspaste», «Me hiciste un moretón», «¡Ouch!», «¡Ay!», «Coño», «Carajo», «Sóbate», «¿Ah, sí?», «¡Ya verás!», «Jaja», «No me diste», «No me dolió», «Fallaste». Cuando mi abuelo escuchaba el escarceo gritaba desde arriba para que mis padres dejaran de pelear o se pusieran a trabajar o alguien subiera a atenderlo. Así que sus asteroides se llamaban «Trabajo», «Negocio», «Cliente», «Hambre», «Baño», «Caneca», «Pañales», «Insulina».

A la maestra se le aguaron un poco los ojos mientras le contaba, tal vez porque ella también había escuchado el nombre de alguno de esos asteroides. Si algo yo conocía bien era el nombre de esas lágrimas que no dejan salir a otras lágrimas o que no se creen lágrimas. Y le miré el rostro a la maestra a ver si tenía una herida como la mía en la frente.

—¿Su hijo también quiso ser astrónomo? —le pregunté.

—Ese oficio es muy feo porque no es de Dios —dijo la maestra.

—¿Un «oficio sucio»? —pregunté.

—Sí, muy sucio. Mejor búscate otro —me dijo.

Entonces le conté que, por las mañanas, desde la casa de madera, me gustaba ver a los conductores de camiones de basura subir la cuesta, detrás de la antigua Base Naval, hasta la punta de la montaña para depositar la basura. Uno es también las montañas que mira. Además, como mi madre me tuvo cuando tenía catorce años, me decía que, si yo llegaba a esa edad y todavía no tenía novia, me iba premiar llevándome a la cima de esa montaña para mirar el paisaje como lo haría Dios. Así que si existía un oficio sucio y lindo a la vez era ese. Solo había que taparse la nariz de camino, y creo que se puede conducir tapándose la nariz. Como Toa Baja tenía pocas montañas, estaba casi seguro que aquella era la montaña más alta o estaba a punto de serlo; todas las mañanas una bolsa de basura más alta. Me gustaba imaginarme cómo se veía Toa Baja desde aquella altura: una serpiente roja en vez de carros en el tapón de las cinco de la tarde en el expreso 22; una bola de mantecado gigantesca encima de una barquilla en vez del radar de Punta Salinas; un enorme calamar en vez de la pompa de agua de Levittown; una casa vieja hecha de legos en vez de las ruinas del leprocomio en Isla de Cabra; una nave destructora de las de Star Wars estrellada en vez de la termoeléctrica de Palo Seco; platos de beber agua para dinosaurios en vez de antenas de televisor redondas en los techos; catedrales de pasto en vez de parques de pelota abandonados; una gran jaula hecha de rejas para que mi padre no se fuera a Florida en vez del mapa de rejas que mi padre instaló por todo el municipio. El problema era que, a la hora de dibujarlo, el vertedero no parecía un vertedero porque estaba en el pico de una montaña y la tierra con la que tapaban la basura la hacía parecer una montaña recién nacida.

A la maestra le gustó el paisaje, pero me pidió que buscara otro oficio; me dijo que yo podía ser un poco más que un conductor de camiones de basura, que me buscara algo más sencillo y bonito porque esos dibujos se iban a exhibir y lo verían otros padres. Y ningún padre quería ver dibujos «sucios» como los míos, a menos que fueran los dibujos «sucios» de la Biblia o de las iglesias; dibujos de clavos traspasando manos y pies, o de lanzas abriendo costados, de donde salía un chorrito de sangre que caía a su vez en una copita, como si fuera vino. ¿Qué más «sucio» que eso?

Dios se entiende mejor dibujando. Eso me dijo el Padre Darío una vez, uno de nuestros mejores clientes en la ferretería. Yo tenía la idea de que Jesús no fue al desierto a orar, sino a hacer dibujos «sucios» en la arena del desierto. Es decir, Jesús fue al desierto a hacer un dibujo de los oficios porque ninguno de los dos oficios que le tocaron le gustaban. O le gustaba más el primero que el segundo y lo supo demasiado tarde. El segundo oficio era el más difícil de todos, que era dejar que lo mataran para luego resucitar. Pero el primer oficio era más sencillo y divertido: convertir el agua en vino obligado por su madre. Si no lo hacía, su madre lo castigaba en el cuarto, aunque creo que Jesús nunca tuvo un cuarto, ni siquiera tuvo casa (al menos nadie, ni siquiera el Padre Darío, me ha podido decir cuál era su dirección y tal vez por eso no se llevaba bien con el asunto de los oficios). Y pensé que, como mi madre me había prometido que iríamos a rescatar el televisor que mi padre nos robó, le dije a la maestra que no tenía que esperar a ser grande para tener un oficio; que mi madre y yo podíamos dedicarnos al oficio de rescatar todos los televisores que los padres les han robado a sus esposas o a sus hijos. Sería un oficio digno y «sucio» a la vez porque usaríamos cables de televisor como armas, como el látigo que usó Jesús para sacar a los mercaderes del templo. En vez de cazarrecompensas con pistolas, seríamos cazatelevisores o vaqueros televisivos o, mejor: vaqueros de ferretería.

Entonces, tomé el papel y el lápiz: dibujé, dibujé y dibujé, y volví a sacar cero.

HORÓSCOPO

Mi madre dijo doce y yo diez.

—Voy ganando —me dijo cuando nos detuvimos en un semáforo y la acusé de hacer trampa.

Entonces contábamos las rejas que mi padre había instalado en negocios y casas para no confesar nuestro nerviosismo de camino a rescatar el televisor. Mi madre fumaba y conducía la guagua de mi abuelo, una F-150 jurásica, y a veces aceleraba para que se saliera el humo de cigarrillo de dentro de la guagua o para que yo no pudiera contar más rejas que ella.

—Trece.

—Catorce.

—Quince —dijo mi madre señalando las rejas de ventana de una panadería, las rejas del portón de un bar y los barandales de una funeraria. Dio una curva brusca, entre los barrios de Ingenio y Campanilla, se cayó una caja con mercancía nueva en la cajuela, me despisté y mi madre aprovechó—: Dieciséis.

Miré hacia atrás para corroborar y le dije que la reja mohosa y enclenque de aquel colmado no se parecía a las que mi padre instalaba. Las rejas de mi padre eran las mejores y su estilo era fácil de reconocer. Además, les había puesto nombres a sus diseños. Rejas Atardecer, barrotes de hierro o de aluminio en diagonal, como si salieran de un sol que ya se puso; Rejas Caribe, barrotes de hierro o de aluminio horizontales, pero con hojitas, como si una enredadera se estuviera trepando; Rejas Pilar, con barrotes de hierro curvadas hacia adentro y hacia afuera, como imitando el pelo rizo de mi madre cayendo sobre sus hombros; y Rejas Cabrón, que eran las rejas imaginarias, tipo calabozo, electrificadas y con puyas filosas, con las que mi madre encerraba a mi padre cada vez que peleaban.

—Diecisiete —dijo mi madre.

Nos detuvimos frente a una casa de cemento que tenía instaladas las Rejas Pilar, con ciertas variaciones, y mi madre se bajó furiosa. Se recogió el pelo, tiró la colilla, fue a la cajuela, rebuscó entre la mercancía nueva, abrió unas cajas de tornillos, de clavos y de tachuelas, sacó puñados y comenzó a lanzarlos a las ventanas de aquella casa. Mi madre me pidió que la ayudara, que cogiera un puñado de tornillos y los tirara. Me quedé con los tornillos en la mano sin saber a dónde tirar, no encontraba la furia. Imaginé que mi padre le había regalado su careta de soldar al hijo de su amante y entonces lancé con rabia. Se escuchaba el ruido de los tornillos, los clavos y las tachuelas chocando en las ventanas de aluminio y en la lata de los carros chocados y en piezas que había por todo el patio. Supuse que el exmarido no pasaba por allí hacía tiempo porque el pasto estaba alto, y porque mi padre tampoco lo había cortado, tal vez para esconderse entre la maleza cada vez que venía el exmarido. Y sentí que mi madre y yo éramos más madre e hijo que nunca antes.

Dejamos de tirar tornillos cuando vimos a una mujer, tan joven como mi madre, y a su hijo asomados por la ventana. El nene no podía ser hijo de mi padre porque era muy blanco, más bien canito. Debía ser menor que yo por uno o dos años. Desde aquella ventana cuidadosamente enrejada, la amante de mi padre trató de detener el ataque. Dijo que nos devolvería el televisor tan pronto terminara la novela, y no tuvo que decir cuál. Mi madre no solo aceptó, sino que se sentaron juntas a ver la novela.

El canito y yo espiamos a nuestras madres por la ventana. Parecían amigas íntimas. Mi madre era más linda y eso de cierta forma me daba confianza. Siempre ganaba su belleza, no necesariamente ella. Las cosas que nos salían bien se debían a que mi madre era bien linda y las cosas que nos salían mal se debían también a que mi madre era bien linda. Me las imaginé sentadas en sus pupitres y embarazadas, escondiendo sus panzas entre el uniforme y haciendo los mismos trabajos: fracciones impropias, indios ahogando a Salcedo en el río Añasco, invasión inglesa, gentilicios, partes de una célula, álgebra, el orden de los planetas, el cinturón de asteroides, el pluscuamperfecto, el encabalgamiento, *Repeat with me: «May I go to the bathroom, please?»*.

Una vez mi madre me contó que sintió mis patadas por primera vez mientras daba un informe oral sobre el sistema solar en la clase de Ciencia. En realidad, cuando repartieron los temas, no le dejaron ningún planeta a mi madre por andar en citas médicas por el embarazo y le tocó hablar de un montón de piedras flotantes entre Marte y Júpiter. Frente a la clase, mi madre habló de un padre de la iglesia que encontró el planeta perdido, que luego rebajaron a asteroide. Mi madre hablaba de Giuseppe Piazzi, el que encontró el planeta perdido, pero en vez de decir

Giuseppe Piazzi dijo Giuseppe Patada. Los nenes del salón de clase se rieron, pero las nenas, que sabían del embarazo secreto, suspiraron. «Por poquito te llamas Giuseppe», me dijo. Tiempo después, cuando ya mi madre había descartado Giuseppe como nombre, la sacaron de la escuela.

Mientras espiábamos, le pregunté al canito cómo se iba a llamar él antes de que le pusieran el nombre que tenía, pero me dijo que no sabía y empezó a tararear la canción de un anuncio que daban por televisión. No sabía si el canito se daba cuenta que nuestras madres aprovechan los anuncios para hablar de mi padre: una marca de refresco y otra de cerveza auspiciaron la furia burbujeante de mi padre; una marca de detergente auspició las manchas de comida de la pared cuando mi padre lanzaba los platos; una cadena de farmacias auspició los puntos de mariposa que se ponían si algún pedazo de plato roto las hería; una marca de rímel auspició las lágrimas negras de ambas. Pero luego se suavizó la cosa porque se escuchaban risitas entre los anuncios: un supermercado, con especial en bistec machacado, auspició los labios carnosos de mi padre; una marca de mantecados auspició la labia de mi padre; una cadena de pollo frito auspició los bíceps de mi padre, una marca de chocolates en barra auspició la pinga de mi padre.

Le dije al canito que mejor nos fuéramos a jugar. Nos trepamos en los bonetes y las capotas de los carros chocados que estaban en el patio, y le dije que podíamos jugar a saltar de carro en carro; de carro chocado y sin arreglar a carro con bondo; de carro con bondo gris a carro preparado para pintar; de carro mal pintado a carro bien pintado. Solo ganaba el que llegara primero al carro que nunca había sido pintado, que estaba al final de la fila, y que había esperado tanto para que lo arreglaran que se había llenado de enredaderas, las mismas enredaderas de flores lilas que crecían en los alambres de púas cerca de la ferretería. Yo salté de carro en carro y regresé, como si hubiera cruzado un río de piedra en piedra sin mojarme. El canito me siguió, pero saltaba sin ganas, como si ya lo hubiera hecho demasiadas veces. Sentados en la capota de un carro, descubrí un corazón rayado en la pintura con el nombre de su madre y de mi padre dentro del corazón. Me fijé que en la lata de otros carros había más dibujos rayados. En las abolladuras habían rayados soles, cielos, nubes, árboles, malas palabras, senos, penes y más corazones con el nombre de mi padre y su madre. En los bonetes, en las capotas y en las puertas había dibujos de pájaros, perros, nidos, gatos, lagartijos, gallinas de palo, como la pintura en cuevas que salían en los libros. El carro con más dibujos tenía pegado por dentro del cristal varias fotos de mujeres en bikinis de las que salían en un periódico de mucha circulación. Les llamaban Chicas Bombón y por alguna razón todos los mecánicos y hojalateros las coleccionaban.

Todos los carros tenían dibujos excepto el que estaba lleno de flores de enredadera. No se dibuja donde ya hay flores. La enredadera les había dado vueltas a las gomas, los aros, se había metido por el mofle, trepado por el guardalodo, la puerta, por la ventana medio abierta y había ocupado el guía; parecía que las flores lilas querían conducir un carro. Las flores no necesitan casas, pero sí carros. Al canito le pasaba lo mismo: tenía su casa, con rejas que le instaló mi padre, y el taller de hojalatería y pintura de su padre. No tenía dos casas ni dos padres, pero los carros en el patio también eran su casa. No éramos los únicos que padecíamos ese problema con las casas. Al Padre Darío también le sucedía: dormía en una casa al lado de la Parroquia San José Obrero, con otros padres franciscanos, pero ni la parroquia era su casa ni la casa donde dormía tampoco, y aun así no se podía decir que no tuviera una casa ni dos. Le pregunté si conocía al Padre Darío y me dijo que no. Le dije que era un padre franciscano que murió muy joven, de cáncer, y se supone que los padres de la Iglesia no morían de cáncer, sino de otras cosas. Le dije que el Padre Darío y yo fuimos amigos, que él también dibujaba y escribía poemas. Pero creo que dibujaba para saber cuál era su casa.

Dudé de si alguna vez el canito jugó con la careta de soldar de mi padre y me dijo que no. Suspiré aliviado sin que se diera cuenta. Cuando pensé que había ganado, el canito me dijo que le gustaba más mi padre que su padre. Traté de convencerlo de lo contrario: le dije que mi padre tiraba cosas cuando se enfurecía y que una vez me hirió en la frente y le enseñé mi cicatriz. No funcionó porque el canito me dijo que él quería una cicatriz así, pero más larga, que le dividiera la ceja. Y me dijo que su padre también tiraba cosas.

Competimos y gané, porque le mencioné todo lo que se tiraban mis padres en la ferretería cuando discutían: pisteros de mangueras, hilo de *trimmers* de todos los colores y tamaños, escuadras, lápices de carpintero, cintas de medir, guantes de jardinería, guantes de construcción, guantes para instalar alambres de púas, guantes para poner jeringuillas, guantes para fregar, guantes para destapar baños, guantes para la basura, guantes de electricidad, *tape* para filtraciones, *tape* para callar gente, *tape* para secuestrar gente, *tape* para tapar liqueos de gasolina de los cohetes que ya no iban a la luna, *tape* para arreglar un retrovisor de carro roto, *tape* para tapar el cristal roto de un carro, *tape* para pegar afiches a la pared, *tape* doble, *tape* de electricidad, *tape* para que no se rompan las ventanas en un huracán, *tape* que no parezca *tape*, *tape* para hacer puntos de mariposa.

Luego comparamos oficios: el padre del canito hacía trabajos de hojalatería y pintura, bregaba con colores y bondo, y olía a pintura fresca; mientras que el mío quemaba, derretía metales, olía a hierro, óxido, cobre y aluminio. El padre del canito usaba una máscara para la boca y la nariz cuando pintaba carros, así que era como un buzo; mientras que el mío usaba una máscara de soldar para no quedarse ciego, así que era como un jedi sin nave, sin rumbo y sin planeta.

De regreso, saltamos de carro a carro y nos pusimos a dibujar animales en el suelo de la marquesina con los clavos, las tachuelas y los tornillos que mi madre y yo tiramos. En la bajada de la marquesina colocamos tachuelas en forma de perro, aunque parecía más bien una cabra; una cobra que parecía más bien una correa; un tiburón que parecía más bien un manatí; y un puercoespín que parecía un puercoespín. Fue el mejor que nos quedó.

Cuando acabó la novela, mi madre salió con el televisor en la mano arrastrando un cable de otro color, unido por *tape* eléctrico, como una mascota que le han pegado la cola perdida, y esquivó nuestros dibujos de animales en el suelo. Montó el televisor en la cajuela de la guagua, y regresó con una caja de tornillos vacía. Elogió nuestros dibujos y le pidió una escoba y un recogedor a la amante de mi padre para limpiar el reguero y de una vez recoger la mercancía que habíamos desperdiciado. Como ya era de noche y los focos de los postes estaban prendidos, los tornillos, los clavos y las tachuelas brillaban como estrellas de suelo.

Con la escoba destruyó la cobra y el tiburón, y le pedimos que dejara para lo último el puercoespín. Parecía un signo zodiacal. Si existía un signo zodiacal en forma de escorpión, uno en forma de toro y otro en forma de cangrejo, ¿por qué no podía existir un signo que se llamara Puercoespín? Como mi madre cumplía a finales de enero, me dijo que aquel podía ser el signo zodiacal de la gente de ferretería: Puercoespín ascendente con Acuario.

De regreso a Sabana Seca, mi madre y yo veníamos en silencio. Pensaba en el canito, en el corazón rayado en la capota de aquel carro, en los dibujos que hicimos con tornillos y en el puercoespín.

Le pregunté a mi madre si podíamos dividir el televisor entre los cuatro; que unos días viniéramos acá a ver la novela y otros que ellos fueran a la ferretería a verla y así poder jugar con el canito.

—¿Cómo se te ocurre semejante idea, ah? —gritó mi madre—. Tenemos suerte de que no pasó nada grave. ¿Y si tu padre hubiera estado allí? ¿O si el canito te atacaba? ¿O si la amante de tu padre hubiera sacado un cuchillo mientras veía la novela? ¿O si ella no me quería devolver el televisor?

—¿O si un tornillo de los que tiramos le sacaba un ojo al canito? —le dije.

Y se quedó callada. Mi madre buscó una colilla que había dejado a mitad en el cenicero de la guagua y yo me quedé mirando cómo los focos de la guagua iluminaban los árboles a cada lado de la carretera. Entre Ingenio y Sabana Seca vi el lugar donde mi abuelo decía que, cuando era niño, pasaba un tren con caña y que los muchachos del barrio esperaban a que el cambio de vías hiciera temblar la carga para que se cayera parte de la caña y con eso hacer guarapo. No había nada allí, solo un poste de luz, árboles y pasto, pero mi abuelo siempre lo señalaba cuando se estaba quedando ciego o tal vez porque ya lo estaba.

Mi madre encendió una colilla de cigarrillo, intentó sacar el humo de la guagua con la mano y pidió perdón por gritarme. Le dije que lo de tirar tornillos y clavos fue divertido, pero lo que más me gustó fue hacer los animales con el canito. Mi madre dio una calada profunda a su cigarrillo y cuando empezamos a ver casas y negocios con rejas que había instalado mi padre quiso terminar el juego que veníamos jugando de ida. Pero yo le dije que no quería jugar o que solo jugaría si me dejaba invitar al canito a la ferretería. Mi madre tiró la colilla por la ventana y empezó a restar los números de las rejas que veía, como si con eso pudiera ganar al revés.

—Tramposa —le dije y ella sonrió.

—Dieciocho, diecisiete, dieciséis, quince.

Y yo también empecé a contar hacia atrás para no dejarla ganar:

—Catorce, trece, doce, once, diez.

Había una diferencia entre contar hacia atrás y darle hacia atrás al tiempo. Se cuenta hacia atrás para salir expulsado o para esperar por la explosión de una bomba, pero se le da hacia atrás al tiempo para regresar a donde uno empezó.

—Nueve, ocho, siete, seis, cinco, cuatro, tres, dos, uno, ¿cero?

No sabía hacia dónde íbamos mi madre y yo contando hacia atrás las rejas de mi padre mientras pasábamos por Campanilla, Ingenio y Sabana Seca. Tampoco sabía si esos eran los números de la suerte de nuestro nuevo horóscopo. Pero me gustaba aquella sensación de que uno es del lugar en el que aprende a jugar con el tiempo.

$1.99

Mi padre usó un eclipse solar para pedir perdón. Llegó a la ferretería poco antes de que iniciara el evento y nos ofreció su careta de soldar. Dijo algo así como: «Seremos los únicos en Toa Baja que podremos mirar al cielo sin quedarnos ciegos». Debió ver el mismo reportaje que vimos nosotros del niño que se quedó ciego en el eclipse pasado por mirar sin protección. Pero no me importó y, tan pronto lo vi, solté la máquina de poner precios y me tiré sobre él. Mi padre puso una rodilla en el suelo, como cuando me trepaba en su espalda. Tenía un tatuaje nuevo en el antebrazo, estaba acicalado, se había dejado la barba al estilo de un baloncestista famoso y tenía el mismo olor de siempre, mezcla de metal quemado, perfume y sudor.

Mi madre nos miró con rabia desde el *counter* y esperó a que termináramos el abrazo para tirarle a mi padre con un paquete de hilo de *trimmer* anaranjado al que yo le ponía precio. Tras el golpe, mi padre abrió los brazos de par en par como si supiera que todavía le faltaran más. Pero cuando vio que mi madre no se cansaba de rabiar o como se le cansaron los brazos de tenerlos de par en par, mi padre me dio la careta de soldar y me pidió que me fuera a la casa de arriba para ver el eclipse en lo que convencía a mi madre de que lo perdonara. Me guiñó un ojo, como si el eclipse estuviera de su lado. Y todavía, cuando la luna iba casi por la mitad del sol, como una manzana mordida, se escuchaba el escarceo, la mercancía restrallada, los insultos y los gritos. Para mí un eclipse era eso: una discusión astral con riesgo de quedarse ciego, pero con triunfo a partes iguales de luz y de sombra.

Tumbado en el suelo frente al letrero de la ferretería, que también era el balcón de la casa de arriba, vi el anillo de luz perfecto que se formó cuando la luna tapó el sol. Ese era el punto más peligroso, donde supuestamente la gente se quedaba más ciega, y era el momento más hermoso. Llamé varias veces a mi padre para que subiera, pero no contestó. A lo lejos se escuchaba a mi madre argumentando, parecía

40

que narraba el eclipse. Abuelo se acercó en silla de ruedas y preguntó qué sucedía. Cuando le conté, me dijo que a él le hubiera gustado quedarse ciego mirando un eclipse y no por la diabetes. Con la careta yo jamás me quedaría ciego; al parecer, mi padre le puso un cristal más opaco de la cuenta por miedo a que me pasara algo. Después, una nube de lluvia tapó el cielo y no pude terminar de ver el resto del eclipse. Abuelo se quedó dormido mirando el cielo, decepcionado por no quedarse ciego como quería. Hacía lo mismo cuando no llovía como él quería, que era su forma de disimular que se había orinado encima.

Sospeché que algo sucedía porque ya no se escuchaban los gritos de mi madre. Pensé que mi padre se había ido, pero me asomé y vi que la *pick-up* Mazda todavía estaba estacionada al frente con rejas viejas en la cajuela. Cuando bajé, no vi a nadie en el *counter*. En el suelo había mercancía y un camino de gotitas de sangre hacia el almacén. Las seguí y escuché risitas. Me escondí detrás de una columna. Entonces los vi recostados de un estante: mi padre estaba de pie y mi madre casi montada en un estante del almacén, con sus pantalones siempre cortos, sin camisa, pero con brasier, blanco como un traje de baño, y con una pierna en el suelo, buscando balance, y la otra detrás de las nalgas de mi padre como una serpiente subiendo un árbol. Mi padre tenía la camisilla blanca que siempre se ponía debajo de su uniforme de soldar, con dos o tres gotitas de sangre en el pecho, el mahón puesto, pero con la correa suelta, y agarraba a mi madre por las nalgas. La mano enorme y negra de mi padre agarraba los muslos blancos de mi madre como aquellos baloncelistas sostenían una bola de baloncesto, con una mano, sin que se les cayera. Tuve una mezcla de celos, coraje y alegría.

En el suelo estaba la camisa de mi madre, la de mi padre y la máquina de poner precios. Asumí que mi madre la tiró porque vi que mi padre tenía un pedazo de *tape* en la frente, teñido de sangre, como si fuera un punto de mariposa. No tuve mucho tiempo para espiarlos, y hubiera querido tener mucho más, porque en realidad era la primera vez que veía a mi madre tan cerca de mi padre sin sentir miedo o furia. Mi padre ponía su mano encima de su brasier como si buscara hacerle un nudo a un globo demasiado lleno y mi madre le quitaba las manos. Mi madre mordía los labios carnosos de mi padre y mi padre se dejaba, o se quejaba, o le gustaba, o todas las anteriores. Pero cuando mi madre se estaba amarrando su maranta rizada para que no se le enredara entre las manos de mi padre, me vio.

—¿Qué haces ahí? —preguntó mi madre.

—Nada —contesté—. ¿Y ustedes? —pregunté.

—Aquí poniendo precios a la nueva mercancía —dijo mi madre.

Y en parte no mentía. Cuando me acerqué, me di cuenta que lo que tenía mi padre en la frente no era *tape* ni un punto de mariposa en la frente, sino un sellito de $1.99 que ya había perdido lo blanco por la sangre. Sin soltar a mi madre todavía, mi padre me pidió la máquina de poner precios que estaba en el piso. Se la di y me preguntó:

—¿Cuánto le pones a esto? —señalando el pecho de mi madre, justo en esa parte donde uno cree que está el corazón. Era la pregunta clásica de los padres a los hijos, como una prueba corta de hombría para ver si a uno le gustaban las mujeres. A veces toda la relación entre un padre y un hijo dependía de la respuesta a aquella pregunta. Entonces le dije que las tetas de mamá costaban mucho, y mi padre celebró la palabra tetas, pero mi madre no:

—Esto son senos, no tetas, porque son las de tu madre. Así que mucho cuidadito, señorito.

Mi padre me exigió que le pidiera disculpas a mi madre, pero lo hizo para no perder más precio del que ya había perdido, y mi madre aceptó mis disculpas sonriendo. Mi padre empezó a manipular la máquina hasta conseguir el número más alto que podía dar aquel aparato, $999.99. Le acercó la punta de la máquina al pecho, por encima de su brasier blanco, apretó el gatillo y le pegó el sellito. Mi madre se miró el pecho y sonrió como si esperara aquel precio.

—Ahora te toca a ti —le dijo a mi madre.

Sin zafarse todavía, mi madre empezó a buscar números en la máquina. Se tardó un poco y mi padre me miró y me guiñó un ojo, confiado en que llegaría su perdón o que le pondrían un alto valor. Como mi madre se tardaba en colocar los números, mi padre subió sus brazos para enseñar sus bíceps en señal de victoria. Se le veían las venas por encima de los músculos, los tocones de sus antebrazos creciendo después de una semana de afeitarse, el nuevo tatuaje y las quemaduras de soldar. Mi madre le quitó el precio que tenía en la frente, salió un poco de sangre que limpió con el dedo y que luego chupó, le acercó la pistola y apretó el gatillo: $0.99 centavos. Mi madre y yo nos reímos, no solo por el precio, sino porque mi padre no podía leerlo, pero aun así lo intentaba; se ponía bizco tratando de mirar su propia frente sabiendo que no podía. Y nos reímos aún más. A mi padre le gustó que nos riéramos de sus morisquetas porque no nos había hecho reír en mucho tiempo, tal vez desde que yo era bebé según me contó una vez mi madre: venía por las tardes mientras mi madre atendía la ferretería, ponía los dedos como un soplete y hacía el sonido de soldar, que es parecido a cuando ocurría un cortocircuito: «Te soldaba los bracitos, los deditos, los piecitos, las manitos, la naricita, las orejitas, los rollitos de carne de bebé, y tú te morías de la risa por las cosquillas».

Cuando mi padre se cansó de hacer morisquetas tratando de leer el precio que tenía en la frente, rebuscó en un estante cerca, tomó un tubo de aluminio y al fin vio su precio:

—¿Tan poquito? —dijo.

Entonces mi padre empezó a exigir más valor, más números, más precio y empezó a gritar «*Defense, defense*» que era lo que gritaban en las canchas de baloncesto cuando su equipo estaba perdiendo. Mientras mi madre buscaba números en la máquina de precios, mi padre empezó a contarme cómo había conocido a mi madre. Entonces caí en cuenta que mi padre no contaba historias sobre su familia, ni de mis abuelos por parte de padre. Y si contaba algo era para hablar de él, de lo bien que soldaba.

—A los dieciséis años yo era el soldador más cotizado de todo Toa Baja —dijo—. Así conocí a esta belleza que está aquí.

Mi madre tenía trece, casi catorce años y, al verlo soldando en la ventana de su salón de computadoras, tras un robo la noche anterior, se acercó con un cigarrillo que guardaba en el uniforme a ver si con las chispas que caían al suelo podía encenderlo. El maestro había despachado la clase porque no tenía computadoras, pero mi madre se había escondido detrás de un armario de metal. Cuando ya no había nadie en el salón, se acercó a la ventana rota, sacó el cigarrillo a medio fumar y le pidió a mi padre que se lo encendiera. Mi padre se subió el visor de la careta, la miró y le pidió que asomara su rostro por entre las rejas recién puestas, pero con los ojos bien cerrados, sosteniendo el cigarrillo entre los labios. Mi madre apretó los ojos lo más que pudo, asomó la cara, y con el soplete mi padre le dio fuego.

Pero a mi madre no le gustó que mi padre me contara y amenazó con quitarle números al precio que buscaba. Entonces mi padre retocó un poco. Dijo que mi madre empezó a hablarle sobre cosas de ferretería y que quería aprender a soldar. Mi padre se sorprendió que mi madre supiera tanto sobre ferretería, pero aun así le dio las instrucciones de seguridad, le puso la careta, y mi madre soldó las rejas de su salón como toda una experta. Y mi madre quedó contenta con aquella mentira.

Luego le quitó el sellito ensangrentado, acercó la máquina a la frente de mi padre con el nuevo precio, fresco y blanquísimo como un punto de mariposa, y apretó el gatillo. Mi padre me pidió que le dijera su nuevo precio, pero mi madre me dijo que no le dijera. Por suerte, la sangre empezó a traspasar el sellito nuevo hasta que fue imposible saber el precio de mi padre.

Aproveché que todavía estaban cerquita uno del otro y les hice prometer una cosa: que no se tiraran con nada más, salvo con mercancía liviana, que no hiciera daño. Ambos alzaron la mano derecha y juraron. Si el Padre Darío hubiera estado vivo yo habría caminado hasta la parroquia y lo hubiera traído para que los hiciera jurar con las manos encima de la Biblia. A veces, cuando mis padres peleaban iba hasta la Parroquia San José Obrero y hablaba con el Padre Darío, le preguntaba si él discutía con otros padres. Me dijo que discutían entre ellos, pero con respeto y que a veces discutían más con padres de la Iglesia ya muertos. No como fantasmas, sino por lo que escribieron. «¿Y esos padres no tenían casas tampoco?», le pregunté y me dijo que tenían varias casas como yo, que a veces estaba más en la ferretería que en la casa de arriba. «¿Entonces las parroquias son negocios?», le pregunté y sonrió. Me dijo que no era lo mismo, pero que las ferreterías y las iglesias se parecían mucho; uno iba a ambas por las mismas razones: o porque quería cambiar algo viejo por algo nuevo, o porque algo se había roto, o las dos a la vez. Como el Padre Darío también escribía poemas y artículos en los periódicos no le molestaban mis preguntas. Me prestaba libros y se los devolvía. Una vez me prestó un diccionario bíblico pesado para que averiguara por qué Jesús no habló más de ferreterías o de carpintería con sus discípulos; ¿a quién maldecía si Jesús se martillaba un dedo? ¿Por qué no había una parábola sobre los herreros? ¿Por qué los soldados romanos que crucificaron a Jesús le pusieron clavos en vez de tornillos?

—¿Puedo tirarle con esto a tu papá? —preguntó mi madre sosteniendo un pedazo de esponja, de esos que usan los constructores para terminar el empañetado.

—Y con esto otro —preguntó mi padre sosteniendo un puñado de pinches de ropa de madera, y luego con tapas enroscables de plástico para cables eléctricos, y luego con expansiones plásticas para tornillos, y luego con martillo de goma que se usa para poner losas. Le dije que con el martillo no, aunque fuera de goma. Solo cosas livianas, le insistí. Lo sagrado es ligero, me dijo una vez el Padre Darío. Le sugerí que usara la cachispa de lápiz de carpintero o que hiciera bolitas con cinta de teflón, esa telita blanca, azul o rosita que se usa en las tuberías de metal para evitar goteras. Mi madre fue a un estante y abrió un paquete de separadores de losas, esas piezas plásticas blancas en forma de cruz, de estrellitas o de equis, y me preguntó si eso daba duro.

—Eso es *popcorn* de ferretería —dijo mi padre. Y mi madre empezó a tirárselo a mi padre a ver si dolía. «No duele, no duele, no duele», decía cada vez que acertaba el golpe. Mi padre abrió otra bolsa de separadores y formaron una guerra de *popcorn* de ferretería por todo el almacén y mi madre decía lo mismo: «No duele, no duele, no duele». Mi madre cogió un puñado y me repartió separadores para acribillar a mi padre. Como tenía menos municiones, acribillé a mi padre en silencio, pero mi madre lo hizo en voz alta.

—Toma esto, por robarnos el televisor.

»Y esto por irte con aquella mujer fea.

»Y esto por irte con aquella otra, también fea.

»Y esto por tener tan mal gusto.

»Y esto por desperdiciar esta belleza que tienes aquí.

»Y esto por no atender a tu hijo.

»Y esto por los moretones.

»Y esto por la cicatriz de tu hijo en la frente.

»Y esto por la cicatriz de la cesárea, maldito.

»Y esto por abandonarnos.

»Y esto por regresar.

»Y esto por volverte a ir.

»Y esto por ser muy guapo.

Cuando se estaban acabando los separadores de losas, mi padre atacó y uno de los separadores cayó dentro del brasier de mi madre. Dijo «de güirita o de mallita», y empezó a perseguirla por todo el almacén para buscar el separador de losa. Mi padre acorralaba a mi madre en los estantes y me pedía que gritara «*Defense, defense*» mientras la perseguía. En un descuido, mi padre metió la mano por dentro del brasier, pero mi madre se defendió:

—Falta personal —dije—. Le toca tiro libre.

En poco tiempo el almacén fue motel, campo de tiro y luego cancha de baloncesto bajo techo. Y mis padres se veían graciosos, heridos y felices. Mi madre en brasier y mi padre con la camisilla salpicada con gotitas de sangre seca y con el sellito todavía en la frente. La próxima vez que vuelva a la sala de Emergencias les diré a las enfermeras que los sellitos de precios son mejores puntos de mariposa que los puntos de mariposa.

Mientras descansaban cada uno en una esquina, agitados por corretear, mi madre buscó dentro de su brasier y encontró el separador de losa. Puso cara de venganza y apuntó, pero le dio sin querer en la cara a mi padre y él se tapó la cara haciéndose el lesionado.

—Eso es una excusa para que le cambie el sellito —dijo mi madre—. Y no voy a caer en su trampa.

Y así fue. Mi padre se destapó la cara y empezó a perseguirla otra vez.

—Ya verás, ya verás —dijo mi padre rebuscando entre los estantes algo con qué tirarle, pero antes de tirarle con lo que pensaba tirarle, le recordé nuestro acuerdo.

Entonces se acercó y me preguntó:

—Árbitro, ¿aprueba esta bolita de papel hecha de un recibo?

—Aprobado —dije y se la tiró a mi madre, pero falló.

Mi madre hizo lo mismo y se la pasaron preguntando un rato más: «Árbitro, ¿aprueba esto, y esto otro?». Y casi todo lo aprobé porque lo cierto es que en las ferreterías hay pocas cosas ligeras. Tal vez por eso rompieron sus promesas tan fácilmente. Después de ese día se tiraron con cosas más pesadas y filosas. Y no hubo más árbitros. Ni siquiera cuando apareció la policía, que tampoco hizo mucho. Mi padre se fue a Florida. Y no lo vi en mucho tiempo, en ese tiempo que uno dice nunca. Ya casi no recuerdo su rostro. Si alguna vez regresa tendrá que ponerse un sellito de $1.99 en la frente para que yo pueda saber que es mi padre.

LA SEGUNDA BALA

Abuelo me pidió ayuda para encontrar el balazo en el letrero de la ferretería. Empujé su silla de ruedas por la parte delantera de la plancha de metal, tomé su mano y la conduje por el letrero hasta que lo encontramos. Apenas había espacio para los dos y le dije que era mejor ir por el lado de atrás del letrero, que daba hacia el balcón de la casa. Pero abuelo me dijo que a los balazos había que analizarlos de frente. Abuelo metió el dedo por el hueco que dejó la bala y palpó el metal doblado hacia adentro, como si con eso pudiera analizar el día, el mes, el año y la hora exacta en que la bala atravesó el letrero. Si abuelo no hubiera estado ciego de seguro hubiera mirado por el hueco como hice yo tantas veces de niño cuando jugaba en el balcón.

Por aquel huequito de bala había lanzado juguetes, legos, carritos diminutos, ahorcaba y salvaba soldados, y fusilaba *aliens*. Cuando había guerra entre bandos de juguetes, desmembraba a los prisioneros y tiraba piernas, cabezas y brazos por allí para asustar al ejército invasor que buscaba conquistar el balcón. En verano, cuando el sol daba de frente al letrero, un rayito de sol entraba por el hueco hacia el balcón y yo lo convertía en un rayo láser pulverizador de juguetes, o en el castigo de Dios, o en el ojo de Sauron, o en el superláser de la Estrella de la Muerte. Aquel hueco me sirvió también para probar mi puntería al escupir, un arte de vida o muerte. Mi madre me pegaba tres gritos y me daba una toalla para que limpiara el reguero de saliva: «¿No puedes escupir en otro sitio, coño?». Varias veces metí la lengua por allí para burlarme de mis enemigos, reales o imaginarios, en particular de mi padre que sabía escupir mejor que yo. Pero una vez, tras un tiroteo cerca de la antigua Base Naval, salí en pijamas para ver si alguna otra bala envidiosa había atravesado el letrero. Suspiré aliviado al verlo vivo e ileso; ninguna otra bala me quitaría mi hueco de bala.

Desde aquella vez lo cuidé de otros balazos que veía en películas y noticiarios. Todos los letreros de tránsito acribillados que se veían por la calle me parecían huecos de balazos genéricos, igual a los demás, sin estilo, sin personalidad ni elegancia. Por eso le llamaba hueco o huequito de bala en vez de «impacto». De aquí que las reinas, las doncellas y las princesas le daban besos a los héroes que las rescataban solo por aquel huequito de bala. Por allí las naves espaciales intercambiaban especias intergalácticas, por allí Juan Ponce de León y Agüeybaná hacían las paces, por allí los hacendados dejaban libres a sus esclavos para que no se supiera que habían tenido esclavos, por allí los brazos desmembrados de los prisioneros de guerra se daban la mano. Tras salvarse de otros tiroteos en el barrio o de otras balas perdidas en despedida de año, bauticé el letrero como el chaleco antibalas de la casa de madera. Y tal vez por eso abuelo comenzó a poner el pesebre al lado del letrero; unas veces para espantar otras balas, otras para demostrar que nacían niños a pesar de las balas. Entonces fui yo el que insistí en que el huequito de bala era perfecto para enganchar la estrella de Belén. A veces, el cielo se veía mejor por ahí. Así que, cuando lo conocí, el Padre Darío no pasó trabajo explicándome qué era eso de la fe porque yo ya estaba convencido de que Dios me escuchaba mejor si le hablaba por el huequito de bala del letrero.

Cuando abuelo me pidió ayuda para encontrar el balazo, pensé que hablábamos del mismo. Pero abuelo dudó y se puso a raspar la pintura con la uña alrededor del huequito. Frotó residuos de pintura entre su dedo índice y su pulgar, como si fuera pólvora vieja, y me preguntó si en el metal, alrededor del huequito, se veía el color de otra pintura con otras letras o solo el color del metal. Le dije que solo se veía el color del metal, pero salpicado de moho, igual que los aros de metal de su silla de ruedas o su orín cuando sus riñones fallaban.

—Pues este no es —me dijo. Este es el balazo de despedida de año. Pero hubo otro balazo antes.

Miré el letrero con detenimiento, me acerqué y palpé el hueco que mis dedos encontraron más pequeño de lo que pensaba. Le dije que en otras partes se veía la pintura descascarada, las letras amarillas gastadas por el sol, el moho por las esquinas, y que lo más parecido a otro balazo eran los tornillos que sostenían el letrero del barandal del balcón. Abuelo siguió tocando el letrero, buscando un balazo que él supuestamente había tapado con bondo y pintura antes de que construyeran la casa de madera y mi madre naciera.

Le dije que se olvidara de eso, que yo solo quería que me contestara unas preguntas para un trabajo de la clase de Historia y que para eso no hacían falta ninguno de los balazos. Por alguna razón, los maestros solo pedían dibujos con una explicación de cinco a diez oraciones con distintos tipos de párrafos: expositivos, descriptivos, narrativos, argumentativos o comparativos. Yo prefería los dibujos, aunque tuviera que explicarlos. Para mí los mejores dibujos eran los que hacían los pilotos en las bombas. Nadie puede ver los dibujos que hacen los pilotos en las bombas porque explotan cuando caen. Si la bomba cae y no explota nadie se acerca a ver el dibujo. Y si por casualidad se asoman y ven el dibujo de seguro dirán que el que lo hizo era un gran artista con tal de que la bomba no explote. En un libro de Historia vi una foto de una bomba con dibujos que hicieron los pilotos que la iban a lanzar. Pero el maestro de Historia quería que le hiciéramos una entrevista a un abuelo. ¿Por qué rayos no hablaban de los dibujos en las bombas?

La única entrevista que en realidad valía la pena hacerle a abuelo era cuando escuchaba películas. Como estaba ciego, me pedía que apuntara el título de la película, y me mandaba al video club. El dueño ya sabía que lo de abuelo eran los clásicos, en especial las del viejo oeste. Abuelo las escuchaba y me preguntaba: «¿ya lo mató?», y yo le decía que todavía no, que ya mismo. «¿Ya se miró en el espejo del cuchillo?», me preguntaba, y yo le decía que ya mismito. Como andaban pasando los clásicos a DVD, podía repetir las escenas con facilidad. Le encantaba que le pusiera a todo volumen aquella escena en la que unos vaqueros esperan en una estación de tren a que se asome el tipo que quieren matar, pero en la espera una mosca empieza a molestar a uno de los matones. Abuelo se reía como si fuera a él que se le posaba la mosca en su barba de tres días. «¿Ya la atrapó?», me preguntaba, y yo le decía que ya mismito. Entonces el matón miraba la mosca y, en un movimiento típico del viejo oeste, la atrapaba dentro del cañón de su revólver. Luego tapaba con un dedo el cañón del revólver y, sentado en una mecedora, se llevaba el cañón a la oreja para escuchar la mosca zumbar atrapada en el cañón y cerraba los ojos como si la mosca cantara una nana. Preguntarle a abuelo por qué le gustaba el sonido de una mosca atrapada en el cañón de un revólver; eso sí que sería una entrevista que valdría la pena.

Como abuelo no encontró el otro balazo, me pidió que le trajera su vieja caja de herramientas, y no me tuvo que decir cuál porque sabía que la guardaba debajo de su cama. Lo menos que tenía esa caja de herramientas eran herramientas. La busqué y se la puse en la falda, es decir, encima de sus dos muñones. La abrió y empezó a rebuscar con el tacto, como un ciego acostumbrado a su ceguera. Las únicas herramientas que encontró eran herramientas que no parecían herramientas porque las usaba para jugar conmigo. Por eso lo creí capaz de inventarse un buscador de huecos de balas.

Cada vez que podía, abuelo inventaba herramientas o decía que había que renombrar algunas. Por ejemplo, el rizador de pestañas que usaba mi madre, y que parecía un torturador de ojos, se convirtió en el ahuyentador de yernos. Cuando mi padre aparecía por la ferretería, para convencerlo de que le dejara a él, y no a mi madre, administrar la ferretería, sacaba el ahuyentador de yernos para que mi padre se fuera. La cinta métrica fue por un tiempo la culebra amarilla de las matemáticas porque abuelo la usaba conmigo para enseñarme a sumar, restar, multiplicar y dividir fracciones. Usábamos los cigarrillos de mi madre para ver si así dejaba de fumar. Primero, medíamos los cigarrillos y se los marcaba. «Este te lo puedes fumar hasta aquí, y este otro hasta acá». Segundo, apuntábamos lo que había fumado y cuánto podía fumar los próximos días: «Hoy fumaste media pulgada, mañana fumarás siete octavos de una pulgada, y al otro día cinco octavos, hasta que solo te fumes un octavo». Tercero, escribíamos el problema en una libreta: «Si un cigarrillo mide "un medio", sin contar el filtro, y tu madre se fuma tres cuartos de pulgada, ¿cuánto le queda para fumar mañana?».

Como no funcionó, la cinta métrica se convirtió entonces en una espada de metal retractable que me ponía en la cintura y que, dependiendo del enemigo, estiraba la hoja metálica para mayor alcance y daño. Una vez conseguía la altura necesaria le ponía el seguro para que se quedara recta. Algunos recuerdos deberían tener el botón de seguridad de las cintas métricas.

Abuelo también decía que había que buscarles nombres a herramientas que ya existían y tenían nombre. Por ejemplo, el violín de ferretería, una especie flota que se usaba para hacerle el encintado a las aceras cuando el cemento todavía estaba húmedo para que las esquinas quedaran más redondas. Era extraño decirle a alguien que está mezclando cemento para una acera: «tráeme el violín». Y más extraño sonaba decir: «búscame la gata para amarrar varillas», una herramienta que no se parecía en nada a una gata, sino a un anzuelo de tiburón con un mango de madera y un garfio giratorio de metal en la punta. El otro era el cepillo de carpintero, una especie de palanca de nave espacial que se usaba para raspar las imperfecciones en la madera, en especial en las puertas. Después de rebuscar en la caja, abuelo sacó un libro viejo. Tenía las páginas amarillas y era una novela sobre un prisionero de guerra en Alemania, en la Segunda Guerra Mundial, que puede saltar en el tiempo, hacia el pasado o el futuro, pero no puede evitar que lo capturen, y que abuelo supuestamente leyó cuando estuvo en Vietnam. Dentro del libro, había dos fotos y un papel doblado muchas veces.

En la primera foto se veía a abuelo joven, con bigote y sonriendo; detrás estaba la ferretería sin la casa de arriba, pero con el letrero y con otro nombre. En la plancha de metal decía «Ferretería Nacional». Abuelo contó que se lo tuvo que cambiar después del ataque a tiros del Ejército Popular Boricua, alias los Macheteros, a la antigua Base Naval a finales de los setenta. Abuelo dijo que los Macheteros tirotearon una guagua llena de infantes de marina que salían de la base en represalia por un independentista que arrestaron y mataron en una cárcel en Florida. Murieron dos e hirieron a más de diez. Me contó que uno de los tiros dio en el letrero.

—Yo creo que fue la bala de una Thompson calibre .45. —dijo. Hay gente que dice que fue una M-16 o una AK-47.

Miré la foto y no vi ninguna huella de bala ni tan siquiera un hueco. Lo que vi fue una mancha de revelado encima del letrero que se confundía también con una mancha de humedad.

—¿La viste? —me preguntó.

—¡Sí! —mentí para no llevarle la contraria.

—¿En qué parte del letrero está? —me preguntó.

Acomodé su silla de ruedas, y le puse la mano en una esquina de arriba del letrero, que tenía moho, y le dije que aquí.

—Este mismo es —dijo—. Te dije que estaba por aquí. Una pena que cogió moho, pero recuerdo cuando lo reparé. Tu abuela me ayudó. Detrás de este letrero nos dimos el primer beso. Teníamos las manos llenas de pintura.

Me contó que ella sabía de todo, como mi madre; que la conoció en una manifestación; que era mucho más joven que él y que militaba en una organización socialista clandestina. Por eso le cambiaron el nombre de la ferretería, para no levantar sospechas. Desde allí, abuela apuntaba las entradas y las salidas de los infantes de marina. Tan pronto abuela parió a mi madre, se marchó a Estados Unidos para una misión clandestina y jamás regresó. Según abuelo esa es la única foto que le pudo tomar a mi abuela porque la CIA y el FBI la perseguían y no quería dejar rastro.

Pocos días después de parir, abuelo le tomó una foto a mi abuela sin que ella se diera cuenta: en la foto aparece mi abuela con mi madre en los brazos, ambas durmiendo en una hamaca que colgaron dentro de la ferretería. Mi madre nunca me había contado nada y quise bajar a preguntarle, pero abuelo me detuvo porque quería que yo abriera un papel doblado que estaba dentro del libro junto a las fotos. Era un papel de argolla de líneas azules medio amarillento. Me lo dio y lo abrí. Tenía mi nombre arriba, el año, el grado, el grupo y un párrafo largo con un dibujo pequeño abajo. Era de esos dibujos con explicación que le gustaba asignar a los maestros. En el dibujo a abuelo le quedaba una pierna todavía y usaba unas muletas extrañas. Me pidió que le leyera lo que decía:

Mi abuelo es dueño de una ferretería y la herramienta que más usa es un lápiz de carpintero. Antes usaba otras herramientas, pero ahora que no tiene una pierna utiliza con más frecuencia los lápices de carpintero. Los lápices de carpintero no son como todos los lápices. Mientras todos los lápices del mundo son cilíndricos, los lápices de carpintero son aplastados y rectangulares para que no rueden o se caigan. Los lápices comunes necesitan una ranura en el pupitre para que no rueden, pero el lápiz de carpintero no necesita ranura en el pupitre. No es que el lápiz de carpintero esté muerto, es que está vivo, pero de otra forma. Lo mejor del lápiz de carpintero es que no hay que ser carpintero para usarlo. Todos los abuelos que no tienen una pierna y no son carpinteros pueden usarlo, y todos los niños que no quieren ser carpinteros también. Según mi abuelo, los lápices de carpintero tienen otros usos, más que las muletas. Pero el Plan Médico no le quería cubrir el costo de unas muletas nuevas. Según abuelo se le rompieron las que le dieron gratis al salir del hospital. Entonces dijo: «¿Qué quieren estos malandrines?». En realidad, no dijo malandrín. Dijo otra palabra que no puedo escribir aquí. «Malandrín» es el sinónimo número tres de la palabra según el diccionario. Los otros dos sinónimos tampoco los puedo escribir. Aquí abajo está el dibujo de mi abuelo usando dos lápices de carpintero como muletas, pero con cara feliz para que no se note la palabra que realmente dijo.

Abuelo dijo la palabra que se supone estuviera en el dibujo y sonrió. Le pedí las fotos y el dibujo para enseñárselos a mi madre y me dijo que se quería recostar un rato, y que luego le pusiera las fotos y el dibujo en la caja y los guardara debajo de la cama, que me podía quedar con el libro con la condición de que lo leyera. Bajé y encontré a mi madre cuadrando la caja casi a punto de cerrar. Cuando le mostré la foto de su madre me preguntó qué me había dicho abuelo. Y le dije.

—Puras mentiras —me dijo—. Eso es lo que tu abuelo dice para no aceptar que mi madre nos abandonó. La muy cabrona se fue y me dejó en esta maldita ferretería.

Mi madre me volteó la foto y me dijo que la fecha de la foto no coincidía con la del tiroteo de los Macheteros. Y parecía tener razón porque los colores no se veían tan viejos. Me contó, rabiosa, que abuelo cambiaba la versión según quién tuviera de frente. Sobre todo, si estaba en una barra: si el que estaba bebiendo con abuelo era independentista decía que él escondió a uno de los Macheteros en la ferretería, pero si el que tenía de frente era estadista decía que él ayudó a que arrestaran a esos rufianes terroristas.

—Además —dijo casi a punto de restrallar la foto en el *counter*—, tu abuelo nunca estuvo en Vietnam, y le tuvo que cambiar el nombre a la ferretería por problemas con una franquicia de ferreterías que se llamaba National Lumber.

No supe qué decir. No quise enseñarle el dibujo por lo furiosa que estaba. Me recordó las veces que ella peleaba con mi padre. Mi madre se quedó un rato más refunfuñando y acusó a mi abuelo de haberla castigado trabajando en la ferretería y de sacarla de la escuela por haberme parido. Metí las dos fotos dentro del libro, junto al dibujo que nunca le di, y cuando iba a salir escuchamos un ruido arriba. Nos miramos asustados y subimos corriendo. Encontramos la silla de ruedas volcada y abuelo desmayado en el piso.

—Te dije que no lo dejaras solo —me dijo.

Abuelo no tenía ningún golpe en la cabeza, pero no respondía. Mi madre sospechó que fuera azúcar alta y lo confirmamos por el charco de orín tan oscuro como el moho. Me quedé al lado de abuelo mientras mi madre buscaba la inyección y la insulina, y llamaba una ambulancia.

Cuando llegó la ambulancia, mi madre se montó y me pidió que me quedara para cerrar la ferretería. Ya era de noche. Terminé de cuadrar la caja. Apagué los abanicos de techo, las luces de adentro y las del letrero arriba, que se apagaban abajo. Cerré puertas y ventanas y me quedé esperando en el balcón. Me sentí mal por mentirle a abuelo; por inventar lo de la segunda bala. Aunque, en realidad, estábamos a mano porque, según mi madre, abuelo me había mentido. Ahora me parece que el verdadero hueco de bala del letrero era el de abuelo y no el mío.

Entonces me arrodillé en el piso del balcón, detrás del letrero, y le hablé a Dios por el huequito de bala. No recuerdo qué le dije, pero parece que Dios estaba muy ocupado escuchando otros huecos de balas.

CHICA BOMBÓN

Cuando el fotógrafo llegó a la ferretería, mi madre llevaba puesto un bikini blanco y me apuntaba con un taladro. Yo trataba de ignorarla detrás del *counter* mientras leía el libro que abuelo me había regalado. Mi madre se había pasado toda la semana haciendo poses de modelo en distintos trajes de baño diminutos, imaginando las fotos que le tomarían aquí y allá; en el almacén, en el *counter*, frente a la caja registradora, arriba, delante del letrero de la ferretería, recostada como si estuviera tomando el sol, o abajo frente a la pequeña vitrina, con martillos, llaves de perro, sierras, tijeras de jardinero, capacetes blancos, anaranjados o amarillos, gafas de protección, caretas de pasar *trimmer*, sombreros de jardinero, envases de gasolina, pailas y rolos de pintura y taladros como si fueran pistolas.

Pocos días después de la muerte de abuelo, apareció por la ferretería un sujeto ni muy joven ni muy viejo, ni muy flaco ni muy gordo, buscando tornillos de tascón, una broca de taladro para colgar sus fotos recién enmarcadas en la pared, y le preguntó a mi madre si se quería convertir en una Chica Bombón. Mi madre le dijo que sí con la condición de que le tomaran fotos en la ferretería para promocionarla. Buscando que le sobrara algo de dinero para comprarse dos o tres trajes de baño, mi madre escogió el ataúd más barato para enterrar a abuelo.

Con el bikini amarillo se puso un capacete de seguridad también amarillo, un cinturón de carpintero lleno de herramientas y se la pasó dando vueltas por la ferretería sonriéndole a un fotógrafo imaginario, porque yo me había negado a hacer de fotógrafo. A mí no me gustaba la idea por más que me lo explicaba: que ya no recibiríamos la pensión de abuelo, que las ventas estaban bajas, que abuelo había rehipotecado la ferretería para construirnos la casa de arriba, que el dinero no daba y que había que promocionar la ferretería. Todas las veces que me preguntó por sus poses de modelo, me quedé leyendo el libro que me dejó abuelo. Cuando mi madre se puso el bikini rojo y empezó a cargar una sierra de cortar árboles también roja, ya el protagonista del libro era prisionero de guerra en alguna ciudad de Alemania; cuando mi madre se puso el bikini blanco y comenzó a hacer poses como si estuviese puliendo una plancha de metal, al protagonista de aquel libro lo estaban desarmando y solo le encontraron una Biblia a prueba de balas en el bolsillo y un lápiz de cinco centímetros.

—¿Cómo me veo? —preguntó mi madre con cara de coqueta y con un bikini plateado.

—Te pareces a las modelos de Coors Light —le dije, y en venganza tomó un taladro para dispararme. Hizo el ruido de los disparos, pero yo ni siquiera me hice el herido, como antes, ni me llevé las manos al pecho, que fue donde me disparó, porque estaba molesto: no quería que mi madre se convirtiera en una Chica Bombón.

—¿No me piensas disparar de vuelta? —me preguntó.

—No, estoy leyendo —le dije.

—Y si me pongo la careta de soldar de tu padre ¿me dispararías?

—Tal vez —le dije—. Pero tendrías que ponerte ropa para disparar.

—¿No se puede disparar así, en bikini?

—Es que se te marcan los pezones —le dije.

71

—Eso no son pezones —me dijo con una sonrisa pícara. Son dos tornillos con arandelas. Y la carne alrededor son dos chupones para destapar baños, pero sin el palo. Porque soy un robot en bikini. Un robot en bikini que va a salvar esta ferretería. ¿No hay robots en bikini en el libro que estás leyendo?

En el libro que leía no había robots, pero sí fotógrafos de guerra. Uno de esos fotógrafos le pidió al protagonista del libro que actuara como si lo hubieran atrapado por primera vez, aunque ya lo habían atrapado. Lo obligaron a meterse a un matorral y a salir como si lo hubieran atrapado por primera vez, pero no le salía la cara de que lo acababan de atrapar. El fotógrafo lo hizo entrar y salir del matorral una y otra vez para conseguir la cara de recién atrapado, pero lo que le salía era una sonrisa como la de la Mona Lisa. Mi madre me volvió a apuntar con el taladro y me pasó lo mismo: sonreí sin ganas de sonreír. Solo dejó de apuntarme con el taladro cuando vio que el fotógrafo se estacionó frente a la ferretería.

El fotógrafo abrió los ojos cuando vio a mi madre en bikini, y le pidió que se diera la vueltita. Lo odié al instante. Y aún más cuando empezó a ignorar las ideas de fotos que le dio mi madre. Mi madre insistió en que le tomaran una foto frente a la vitrina mirando hacia adentro con una taza de café, como si fuera Holly Golightly en *Desayuno en Tiffany's* que era su película favorita, pero el fotógrafo la cortó y le dijo que lo mejor era llevarla a distintos lugares de Toa Baja para sacarle fotos con mejor luz. Mi madre insistió que al menos le tomara una frente a la ferretería y posó, tímida, junto a la puerta donde todavía estaba pegado el lazo negro que anunciaba la muerte de abuelo, cerca de las cartulinas que mi madre y yo habíamos preparado juntos y que decían «Abierto» o «Cerrado» o «Venta Especial de Padres» o «Abierto los domingos». El fotógrafo resopló, lo intentó, encuadró, despegó las cartulinas de la puerta y tiró el lazo negro al suelo. Mi madre lo insultó: le dijo las mismas cosas que le decía a mi padre. El fotógrafo guardó la cámara, se montó en el carro para irse, pero mi madre le pidió perdón y le insistió que no se fuera, que la esperara un momentito.

Mi madre entró a la ferretería, hizo un pequeño bulto con materiales de ferretería, por si lo necesitaba para la foto, y me pidió que me quedara en la casa de arriba. Cerró la ferretería y en la puerta le puso la cartulina que decía «Vengo en cinco minutos», que era la que usaba cuando yo estaba en la escuela y tenía que cambiar a mi abuelo o cuando la citaban para una reunión en la escuela porque yo hacía dibujos «sucios» o cuando tenía que comprar mercancía. Si hubiera tenido tiempo yo le habría hecho una cartulina, con letras rojas y fondo negro, que dijera: «No se aceptan fotógrafos».

Estuve un buen rato en el balcón leyendo el libro. A cada rato miraba las fotos de mi abuela y de mi madre que estaban dentro del libro. Ambas dormidas en una hamaca que colgaba de los estantes del almacén. Mi madre todavía no había llegado cuando el protagonista del libro sobrevivió a las bombas que su propio ejército lanzaba, gracias a las paredes de cemento del matadero número cinco, donde antes mataban cerdos. Un matadero lo salvaba de otro matadero.

Era casi de noche cuando mi madre subió las escaleras y tiró el bulto en el suelo del balcón. Tenía el pelo mojado, y se veía cansada, furiosa y eufórica. Me contó de todos los lugares donde se había sacado fotos. Solo faltó que le tomaran fotos en el vertedero municipal, dijo. Le sacaron fotos en el puente de las banderas y frente a la planta termoeléctrica de Palo Seco; en Isla de Cabra con el Leprocomio de fondo; en Isla de Cabra con el fortín del Morro de fondo al otro lado de la Bahía de San Juan; en Isla de Cabra con las ruinas del búnker de la Segunda Guerra Mundial de fondo; en Isla de Cabra con policías de uniforme azul que salían del campo de tiro y que la cargaron como en una cama de manos; debajo de la pompa de agua de Levittown; en el letrero que dice «Bienvenidos a Toa Baja» en el antiguo tren, del cual quedaba un vagón de tren sin vías, y en la cancha bajo techo donde las Llaneras practicaban voleibol. El fotógrafo, me contó mi madre, la hizo saltar varias veces frente a la malla de voleibol para verle las tetas temblando.

Luego fueron a sitios más solitarios: en Bahía Cochino le tomaron una foto sosteniendo una tabla de surf rota que encontraron en la arena; en el puentecito por donde se unían las aguas del mar con las del mangle, por la carretera 165, le tomaron una foto encima de dos piedras; las piernas abiertas, una pierna en cada piedra y por debajo corriendo el agua turbia. Se estacionaron a la orilla de la carretera y le tomaron una foto con un pescador de jueyes, luego con un juey en la mano, y luego con una trampa de jueyes de fondo. Más adentro en el pastizal, le tomaron fotos más de cerca, tan cerca que el lente de la cámara tocaba los muslos y las tetas de mi madre. Y el lente de la cámara le daba cosquillas. A veces las cosquillas del lente de la cámara la quemaban, como quemaba el roce de la maleza con la piel. Y mi madre pensaba en usar las herramientas de la ferretería que tenía en el bulto para defenderse, y así no sentir más esas cosquillas fotográficas, pero el bulto estaba lejos, en el carro del fotógrafo, estacionado a la orilla de la carretera 165 que unía a Dorado con Levittown. Y cada vez que el fotógrafo le daba al botón de la cámara, mi madre pensaba en el futuro de la ferretería, en abuelo muerto, y en mí. Si hubiera ido con ella, me dijo, las cosas habrían sido de otra manera. Pero, tal vez, si yo hubiera ido me habría entretenido con los cangrejos violinistas del mangle o me hubiera quedado mirando el paisaje; el mar a un lado y al otro el pastizal, y las cosas hubieran ocurrido tal y como ocurrieron.

Mi madre hizo silencio o prendió un cigarrillo, que era casi lo mismo, y me dijo que, si yo llegaba a los catorce años y todavía no tenía novia, me regalaría una cámara como aquella para que aprendiera a tomar fotos a las Chicas Bombón sin hacerles cosquillas con el lente. Y contó que de regreso se detuvieron en una gasolinera de la Avenida Sabana Seca, que también era un taller de cambio de aceite y filtro y que también era una gomera. El fotógrafo fue a pagar la gasolina y mi madre se bajó en el bikini blanco buscando algo con qué limpiarse las piernas y los pies; estaba llena de arena de playa, de salpicaduras de mosquitos, de babote de mangle, de arañazos de pastizal, de sudor, de salitre, y de rayazos de lente de cámara. Aunque el taller estaba cerrado, encontró una manguera, de esas que los mecánicos usaban para llenar el balde donde sumergían las gomas con clavos para ver si encontraban la fuga. Abrió la llave y se lavó los pies, pero la cerró rápido porque vio que, tras las rejas del taller, había una hilera de afiches a doble página con otras Chicas Bombón. Casi todas las fotos eran iguales y en trajes de baño: una chica sentada en una motora mostrando los hemisferios de sus nalgas, otra con una esponja enjabonando el bonete de un carro que no necesitaba que lo lavaran, otra llena de grasa de mecánico, una con una careta de *snorkel*, otra con una figa con un pez en la punta, una con una paleta de mantecado, otra con una piragua de tamarindo y con una paleta de menta en una tienda de dulces, tal vez para justificar que las llamaran Chicas Bombón; y todas a punto de ser fantasmas porque el sol empezaba a marear los colores del papel de periódico.

Entonces mi madre pensó que la suya sería la primera Chica Bombón dueña de una ferretería. Pero después se dio cuenta que no se había tomado ninguna foto con las herramientas. Le dio rabia y sed, y para que nadie notara que estaba llorando, volvió abrir la pluma, porque tampoco podía fumar según el letrero de la gasolinera (Prohibido fumar en un radio de cincuenta pies), y se echó agua por encima con la manguera. Y hasta bebió agua de la manguera, como hacía cuando era niña. Todo el que echó gasolina la vio y pensó que era una modelo que estaba promocionando algún producto que no era ni el agua, ni la manguera, ni el taller de cambio de aceite y filtro, ni la gomera, ni mucho menos la gasolina, que estaba carísima.

Una semana después, fuimos a buscar varias copias del periódico a la panadería que estaba al cruzar la calle y mi madre se puso furiosa porque publicaron una foto que ella no recuerda haberse tomado. Rompió el papel en cantitos frente a los clientes, los pagó, les pidió perdón a las empleadas y al panadero que nos conocían, limpió el reguero del piso, y luego compró todos los periódicos que pudo para romperlos, pero en casa o en la ferretería. Yo todavía no había visto la foto, pero la escuché decir, rabiosa, que no sabía que en ese momento la estaban fotografiando, y que si lo llega a saber entonces sí hubiera golpeado al fotógrafo con las herramientas que se llevó en el bulto. Al parecer, cuando el fotógrafo regresaba de pagar la gasolina, vio a mi madre lavándose con la manguera del taller, y sin que mi madre se diera cuenta, comenzó a fotografiarla, sobre todo cuando mi madre bebía agua de la manguera. En la foto, mi madre aparece de cuerpo entero, con los ojos cerrados y con la boca abierta a punto de beber el agua que salía por la manguera. Pero el agua que salía por la manguera no parecía agua, sino fuego, llamas de agua, por el reflejo del sol de la tarde. El pelo de mi madre estaba mojado y peinado hacia atrás. El traje de baño era de un blanco casi transparente, con los pezones asomados y la piel brillosa por el agua sobre la piel. Abajo, en letras diminutas, decía solo su nombre y su edad. En el pie de la foto no decía nada de la ferretería.

Mi madre calificó la foto de «sucia», pero no «sucia» como mis dibujos, aunque no tardó en aceptar que, a pesar de ser «sucia», la foto era buena, y que ella no se veía tan mal, que era mejor Chica Bombón que otras Chicas Bombón, que parecía una modelo profesional y honesta porque ninguna de aquellas Chicas Bombón que vio en el taller bebían agua, y las modelos también bebían agua. Además, dijo, al menos la foto tenía un elemento de ferretería: la manguera. Así que, buscó *tape*, quitó algunas de las cartulinas pegadas en la puerta de cristal y puso su foto mística en la puerta de entrada de la ferretería. La pegó por dentro del cristal para que el sol no la mareara o la mareara menos. Arriba de la foto, pero por la parte de afuera del cristal, muy cerca del mango de la puerta, puso el lazo negro de abuelo. Entonces me dijo, o le dijo al lazo negro, o le dijo a la foto mística, o se dijo a sí misma, es decir, le dijo a la Chica Bombón en la que se había convertido, que nos iría bien, que las ventas subirían, y que vendría mucha gente. Y no se equivocó.

MARISCAL O'REILLY

El primero que supo que mi madre era la nueva Chica Bombón fue el maestro de Historia. Abrió el periódico en el salón de clases mientras contestábamos un examen sobre las reformas de Alejandro O'Reilly y se acomodó en su escritorio para disimular que ligaba a mi madre en el periódico. Yo ya había marcado «Cierto» a las preguntas de si O'Reilly era irlandés, mariscal de campo, educado en España y que acusó a los puertorriqueños de contrabandistas y vagos, pero no recordaba el nombre del rey español que lo encomendó a visitarnos:

a) Carlos I

b) Carlos III

c) Carlos II

d) Carlos VII

Cuando el maestro volteó el periódico de forma vertical para ver a mi madre de cuerpo entero, yo aproveché y le pregunté en voz de secreto a la nena del pupitre del frente cuál de los Carlos era la contestación correcta. El maestro me miró con cara de te atrapé, y yo lo miré de vuelta, levanté el examen de forma horizontal y saqué la lengua como si me babeara viendo el examen para que él supiera que yo sabía que se estaba ligando a mi madre en el periódico. Entonces decidió ignorar que me estaba copiando y siguió mirando los ojos cerrados de mi madre, el pelo mojado de mi madre, los pezones de mi madre tras el bikini blanco, la sed de mi madre, y la boca de mi madre a punto de beber agua. No le volví a ver el rostro durante todo el resto del examen. Y en venganza, en la parte escrita, donde se supone que reflexionáramos sobre las reformas del mariscal, le puse que si Alejandro O'Reilly hubiera visto a mi madre en el periódico no habría dicho que los puertorriqueños éramos contrabandistas y vagos. Aunque quizás sí éramos un poco contrabandistas.

Esa misma tarde al maestro de Historia se le rompió casualmente un tubo del fregadero y pasó por la ferretería para ligarse a mi madre, esta vez en persona. Nunca había ido por allí, ni siquiera cuando mi abuelo murió. Cuando vio el lazo negro pegado a la puerta encima del afiche, le dijo a mi madre que el trabajo que yo entregué sobre mi abuelo había sido el mejor. Yo, que estaba en el *counter* viendo televisión, le dije:

—Claro, a nadie en el salón se le murió el abuelo mientras le hacían la entrevista.

Mi madre me regañó y el maestro le dijo que no se preocupara, que yo era un buen estudiante, que tenía buenas notas y todo un montón de frases hechas para mantener a mi madre ocupada en lo que hacía: buscando mercancía trepada en una pequeña escalera a la vez que enseñaba el corazón de su fondillo apretado, sus pantalones cortos a punto de chacha, con los muslos torneados, y la camisa corta mostrando su cinturita. Mi madre, que se dio cuenta de la jugada, aprovechó y le vendió la marca más cara de pega de tubo PVC, y el maestro se lo llevó sin cuestionarlo.

Lo mismo sucedió a los que vinieron después. El dueño del video club, que tampoco fue al funeral de abuelo a pesar de que éramos sus mejores clientes, vino y se llevó un sapito de inodoro porque casualmente el de su negocio no funcionaba. Además, le trajo a mi madre una copia en DVD de *Desayuno en Tiffany's*, que solo rentaba mi madre. Los cortadores de grama del municipio se pusieron a cortar el pasto alrededor de la verja de la antigua Base Naval, que no les tocaba, con tal de que se les terminara el hilo del *trimmer* y así comprar más en la ferretería. Los de la panadería compraron materiales que no necesitaban y hasta los del correo, a dos calles de allí, fueron a comprar *tape*, y a ellos nunca se les acababa el *tape*. De pronto, empezó a llegar gente de sectores de Toa Baja que yo no sabía que existían: Hoyo Frío, Juan Chiquito, Los Magos, Villa Pangola, Villa Clemente, Villa Kennedy, Villa Olga, Villa Hostos, Villa Esperanza, Villa Seco, Villa Calma, La Franja y Fondo del Saco.

Si O'Reilly hubiera visitado Toa Baja por aquellos días, se habría sorprendido de toda aquella gente de ferretería que pasaba por aquí: albañiles, jardineros, pintores de brocha gorda, varilleros, plomeros, electricistas, ebanistas, podadores de árboles, recogedores de escombros, pulidores de piso, instaladores de aires acondicionados, instaladores de cisternas de agua, instaladores de calentadores solares (todavía no existían los instaladores de placas solares). Algunos eran expeloteros que pasaban *trimmer*, exboxeadores que limpiaban techos con máquinas de presión, exbaloncelistas que montaban abanicos de techo o cambiaban receptáculos, exmaestros o expolicías que trabajaban de *handyman* porque la pensión no les daba; todos feos, o muy jóvenes o muy viejos, con músculos pero barrigones, sin barriga pero sin músculos, calvos pero con barba; todos manchados, pintados, tatuados y apestosos, olorosos a sudor y a desodorante recién puesto, que es como decir a pan y a gasolina. Y preguntaban por materiales que sabían que no vendíamos, y decían que en esta ferretería vendían más barato que en todas las del municipio, y compraban materiales que no necesitaban, y hacían cualquier cosa con tal de ligarse a la nueva Chica Bombón.

Vinieron tantos y en tan poco tiempo que tuve que hacer nuevas cartulinas: «Prohibido decir groserías», «Prohibido rascarse los huevos», «Prohibido eructar», «Prohibido declaraciones amorosas». Aunque algunas de las cartulinas mi madre las quitaba para no perder clientes, yo como quiera las escribía: «Prohibido regalar rosas», «Solo se aceptan flores de enredaderas», «Prohibidas las serenatas», «No recitar poemas», «Solo poemas místicos», «No estoy buscando padre», «Sí, sus senos son naturales». «No son pezones, son tuercas». Si me hubieran preguntado sobre los oficios por aquellos días hubiera dicho que quería ser reformador de una colonia como el mariscal O'Reilly.

Cuando supieron que yo era hijo del mejor soldador que tuvo el municipio, me contaron anécdotas de mi padre, casi todas exageradas. Uno de esos días soñé que mi padre se había enterado de que mi madre era la nueva Chica Bombón y que llamó por teléfono histérico. Y yo, en venganza, le dije que mi madre andaba en bikini por la ferretería (en realidad atendía con unos pantalones cada vez más cortos y a veces ni se ponía brasier) y que había una fila enorme de pretendientes afuera que bordeaba la verja de la antigua Base Naval que le traían ramos de flores de enredaderas, que la cola llegaba a la panadería o a la gasolinera, o hasta la oficina de correos, incluso a la Parroquia San José Obrero y que algunos entraban a la misa que ofrecía el Padre Eddie a pedir perdón, y luego volvían a la fila. Mi padre soltaba tres gritos cuando le decía que todos los pretendientes eran altos, abusadores, guapos, musculosos, con bíceps enormes, con abdominales definidos, y que había de todo: rubios, blancos, coloraos, jabaos, y muchos trigueños, morenos y negros, «como tú y como yo». Y eso sí que lo ponía furioso, tanto que amenazaba con volver. Por supuesto, no volvió.

Para controlar la cantidad de pretendientes le di por escrito a mi madre una serie de reformas, como hizo O'Reilly con uno de los reyes de España

(Carlos II o Carlos III o Carlos I, no recuerdo cuál). ¿Quién no ha creído alguna vez que, con una listita de reformas, se puede arreglar un país? Entre las reformas estaba la de la vestimenta de mi madre, de ahora en adelante: pantalones a tres pulgadas por encima de la rodilla, cero camisas de manguillos, usar brasier todo el tiempo, nada de camisas cortas o enseñar ombligo, cero rímel y el pelo recogido. Mi madre se echó a reír y cortó aún más sus pantalones.

Como no tenía milicias que reorganizar ni fortificaciones que construir, convertí el *counter* en mi fortín. Para disimular la vigilancia abría un libro, cualquiera de los que me daban en la escuela, o los que a veces buscaba en la biblioteca del Padre Darío en la parroquia, y me sentaba en una banqueta alta con la mirada por encima de las páginas. Sabía que los libros no intimidaban ni a Dios, así que me ponía un cinturón de carpintero, de esos que tienen muchos bolsillos, y me enganchaba un martillo, una pequeña hacha, alicates, y en los bolsillos echaba municiones: clavos, tornillos, tachuelas y cajitas de navajas de doble filo para que los pretendientes de mi madre entendieran que yo estaba dispuesto a abrirles el seso, aunque estuviese leyendo libros.

Lo cierto fue que algunos libros los entendí mejor porque los leí en la ferretería. Aquel náufrago en una isla perdida tenía más sentido allí que en la casa de arriba. Lo mismo con aquel arponero en un submarino que le entra a hachazos a un calamar gigante, y aquel otro que cazaba ballenas, y aquel viejo que luchó por pescar un gran pez pero después tuvo que defenderlo de los tiburones, y aquel viejo con el seso alucinado por leer novelas de caballería, y aquel otro viejo que espera la carta con su pensión del servicio militar, y aquel niño que escapa de viejos, y aquel niño que enloqueció de amor, y aquel niño que descubre el mar por primera vez, y aquel otro que le ponen el nombre de las siglas del correo de los Estados Unidos, y aquella niña que se enamora a lo divino de su tío y huele las sábanas de cama después de que su tío tuvo sexo con la criada, y aquella niña que se cae por una madriguera persiguiendo a un conejo con reloj, aquella otra niña que ve a su padre defender a un negro acusado injustamente de violación, aquel otro niño que dibujó una serpiente que digiere un elefante, pero que otros confunden con el dibujo de un sombrero.

Con quien sí pude ejercer mis reformas O'Reilly fue con dos o tres publicistas que le ofrecieron a mi madre promocionar productos de ferretería en bikini. Mi madre me dio permiso para decirles que no queríamos saber de fotógrafos. Luego vino un pastor evangélico para que mi madre actuara de Magdalena en una obra de teatro, y también le dijimos que no. Y cuando vinieron los narcos pensamos que no tendríamos opción, pero fue todo lo contrario. Nos trataron con respeto. Casi todos eran flacos y las pistolas les pesaban en la cintura. Todos hablaban igual, parecían hermanos, primos, familia; se recortaban en el mismo barbero y dejaron la escuela en el mismo grado que mi madre, tal vez antes; solo se diferenciaban por los nombres de las madres que se tatuaban en el antebrazo, en el hombro, en el pecho, en la espalda, en el muslo, en la batata, en las muñecas. Y a veces los nombres coincidían.

—Yo me tatuaría el nombre de tu madre aquí —dijo uno señalando una parte del hombro aún sin tatuar. Tengo espacio para cuatro letras todavía.

Casi todos habían conocido a mi padre porque les instaló alguna reja a sus madres o porque supuestamente mi padre le construyó una jaula para panteras a un narco que mataron en la Masacre de La Tómbola. Siempre quise preguntarles si la careta de soldar de mi padre pesaba lo mismo que una pistola. Pero ellos nunca hablaban de las cosas que hacían. Solo hablaban de caballos. Compraban cepillos para peinar a sus caballos, palanganas de metal para darles agua o bañarlos, alicates para quitar herraduras, productos para asperjar o sogas de buena calidad. Siempre que les cobraba, me decían:

—Esto es para Nieve.

—Esto es para Lluvia.

—Esto es para Relámpago.

—Esto es para Parcha.

—Esto es para Nido.

—Esto es para Niebla.

—Esto es para Enredadera.

A veces, desde la puerta de la ferretería me señalaban sus caballos en el pastizal de la antigua Base Naval:

—Esa yegua que ves allí se llama Susurro. Es brava, pero sabe escucharme como nadie. Si alguien quisiera arrestarme por lo que he hecho tendría que preguntarle a Susurro.

Ninguno se atrevió a decirle ninguna grosería a mi madre. Cuando el sol despintó el afiche de la Chica Bombón en la puerta, lo sustituimos por otro. Solo nos quedaba uno más, así que lo forramos con *contact paper* para protegerlo del sol porque ya no publicarían más Chicas Bombón. Quitamos el lazo porque ya había perdido el color negro, aunque lo debimos dejar puesto porque a algunos de aquellos muchachos los mataban y sus caballos se quedaban solos o amarrados sin que nadie los atendiera, esperando por un nuevo nombre. Si llegas a los catorce y no te has convertido en un narco, decía mi madre, te regalo un caballo.

Cada vez que mataban a uno de aquellos muchachos venían policías, expolicías o guardias de seguridad a ofrecer servicios de vigilancia. Y a todos, mi madre les decía que podía cuidarse sola. Como se negaba, acusaban a mi madre de venderles *tape* gris, bolsas de basura negras, sogas y envases de gasolina a los narcos. Si venía alguno, y mi madre estaba ocupada en el almacén, les preguntaba a los policías si tenían caballos y cómo se llamaban, y me decían que no tenían o se inventaban nombres feos. Entonces yo les decía que los narcos les ponían nombres más bonitos a sus caballos y que por eso la policía no los podía atrapar.

Lo que sí nos dio miedo fue que nos fuera tan bien. Las ventas subieron y hasta tuvimos que usar el cuarto de abuelo en la casa de arriba como almacén. Prepararé carteles nuevos: «No aceptamos cheques», «Nos reservamos el derecho de admisión». Nos dimos el lujo de no abrir los domingos, ni los días feriados, ni el Viernes Santo. Y empezamos a ir a la parroquia los domingos.

Todo se complicó cuando los pretendientes de mi madre comenzaron a traerme regalos: carritos de control remoto, pistolas de dardos plásticos, pistolas de agua, pistolas para matar extraterrestres verdes, pistolas para matar extraterrestres negros que salen del pecho, pistolas para matar robots, pistolas para matar zombis, pistolas para matar robots de metal líquido, pistolas para matar robots que no saben que son robots, pistolas para matar dinosaurios, lanzallamas para matar xenomorfos, espadas láser, disfraces de superhéroes de Marvel, muñecos de superhéroes, monstruos intergalácticos, un mago que no parecía un superhéroe sino un mariscal, legos, reproductores de DVD, guantes de boxeo, raquetas de tenis, palos de golf, bolas de fútbol, bolas de fútbol americano, bolas de baloncesto, bolas de béisbol, bates de béisbol, guantes de béisbol, gorras de béisbol y cartas de béisbol firmadas.

Hubo uno de los pretendientes que me regaló un libro. Y eso a mi madre le gustó. Aunque, en realidad, me pudo haber regalado cualquier cosa y a mi madre le hubiera gustado como quiera, porque el sujeto era bien parecido, alto o se vestía mejor que los demás, y eso lo hacía ver alto. Era plomero. Se llamaba Carlos. Pero como ya habían pasado unos cuantos Carlos por la ferretería, le puse Carlos III. Se parecía un poco a mi padre, pero un poco más claro de piel. Había sido pelotero, pero de los que no llegaron a

Grandes Ligas, y aún conservaba el cuerpo y la gorra de Los Rojos de Cincinnati, el equipo que por poco lo firma. Sabía su buen inglés, por el tiempo en que estuvo jugando en ligas menores en Estados Unidos. Me trajo un libro en inglés sobre las mejores jugadas de béisbol, que leyó mientras atendía a su madre, enferma de cáncer, en el hospital. Por eso regresó a la isla, dejó el béisbol y se hizo plomero.

Un viernes nos invitó a salir a los dos y fuimos a un parque de béisbol en Levittown. Tenía un *jeep* Suzuki Samurái restaurado y blanco como caca de gaviota. Estaba lleno de herramientas y tubos en canastas de leche: tubos de plástico y cobre, grifos, llaves de perro. Atrás solo cabía una persona, y la canasta con una sábana, sándwiches, bolsas con papitas fritas, una neverita pequeña, por si acaso nos daba hambre. Como el parque estaba medio abandonado, lo limpiamos. Entre los tres movimos una nevera que dejaron en el montículo, y con pencas de palma barrimos las jeringuillas y las latas de cerveza en el *home.* Carlos III me enseñó a no perder una bola en el aire en el jardín izquierdo, que era el más limpio y donde no había caballos pastando. A mi madre le enseñó a batear. Yo hice de lanzador para vigilarlos, pero Carlos III no se le acercó a mi madre por detrás para enseñarle a batear, como hubieran hecho

Carlos I o Carlos II, sino que lo hizo por el lado. Fue mi madre la que se le acercó. A mi madre se le notaba en el rostro que le gustaba mucho. Lo miraba como miraba a mi padre, se mojaba los labios cada vez que podía.

Mi madre y yo teníamos gorras con equipos distintos porque eran de las gorras que me regalaban sus otros pretendientes; Carlos I, Carlos II o Carlos VII. Cuando le tocó batear a él, mi madre le hizo cosquillas y cayeron a la grama. Casi se besan, pero me les tiré encima. Sacamos la sábana y nos comimos los sándwiches, las papitas fritas, y mi madre y Carlos III abrieron las cervezas. Al menos no eran Coors Light, y le contamos de mi herida en la frente y de mi padre. Él contó que su padre era igual, pero desde que lo cuidaba, enfermo de Alzheimer, lo miraba con otros ojos. Contó que su padre nunca lo llamaba por su nombre, sino con nombres de peloteros famosos. Y si por casualidad lo llamaba Carlos era porque se refería a peloteros que también se llamaban Carlos, como Carlos Baerga, Carlos Beltrán, Carlos Delgado, o Carlos Correa, que recién debutaba. Antes de que cayera la noche hicimos una competencia de nombres de caballos. Ganaría el que le pusiera el nombre más lindo a los caballos que allí pastaban. Nadie ganó, porque en ese juego no se ganaba, pero nombramos a aquellos caballos como si fuéramos narcos.

Uno de esos días que se apareció por la ferretería subí a buscar el libro que me regaló porque quería preguntarle algo que no entendía. Cuando bajé los encontré besuqueándose en el almacén. Parecían dos peces acabados de sacar del agua. Enfurecí y le dije a mi madre de todo: vaga, contrabandista y puta. En ese orden. Mi madre fue hasta el *counter*, rabiosa, arrancó el cable del televisor, esta vez desde la raíz, y dio un azote.

—¿Qué fue lo que dijiste? ¿A que no lo repites ahora, ah? ¿Por qué no te haces el macho ahora?

Carlos III intentó intervenir y mi madre le dijo que no se metiera y volvió a dar un azote. Me quedé callado, bajé la cabeza y me mandaron a la casa de arriba, castigado. Desde el balcón vi cuando Carlos III se montó en el carro. Mi madre le suplicaba que se quedara, que le diera una oportunidad. Carlos III la abrazó, pero le dijo que así no podía, que entendía, que la quería, pero que era mejor esperar a que yo creciera un poco más, tal vez cuando yo tuviera catorce. Prendió el carro, pero mi madre se eñangotó frente a la puerta del conductor, como hacen los *catchers* en el béisbol, y le dijo que le gustaba mucho, que haría lo que fuera para que la relación

95

funcionara, y le puso las manos en la puerta, como si le estuviera dando señales secretas, de esas que hacen los *catchers* en el *home*. Carlos III le cogió las manos, se las besó y se fue. Mi madre lloró como nunca la había visto llorar. No lloró así ni cuando abuelo se murió. Lo vi todo desde el balcón. Y cuando me vio mirando, empezó a gritarme:

—¿Quién carajo te dio permiso para meterte en mi vida, ¿ah? ¿Qué carajo quieres? Esto es lo que faltaba. Sobreviví a tu abuelo y a tu padre y ahora resulta que un pila de mierda quiere controlarme.

Estuve una semana sin bajar a la ferretería. Ni siquiera pude bajar cuando algunas esposas de los pretendientes de mi madre empezaron a reclamar los regalos que me habían dejado. Si lo llego a saber hubiera pegado en la puerta una cartulina que dijera: «No se devuelven juguetes». Las veía llegar desde el balcón: en rolos, con el pelo planchado, con las uñas recién hechas, con el pelo recién pintado, bien maquilladas, con ropa apretada, con el ombligo por fuera, otras con faldas largas, sin maquillar, cargando bebés o biblias; siempre furiosas, serenas, gritonas, pasivas, agresivas, depresivas, y ansiosas. Casi siempre el hijo se quedaba en el carro, medio avergonzado, y yo los saludaba desde arriba y me devolvían tímidos el saludo, algo confundidos, o un poco resignados porque la mayoría habían olvidado que tenían aquel juguete.

Mi madre les pedía a las madres que me llamaran al balcón y que me describieran el juguete; entonces lo ponía en una canasta con soga y lo bajaba. Pero a veces los hijos decían que no querían el juguete y la madre enfurecía, o les pegaban tres gritos o discutían en el carro: «Entonces, ¿para qué carajo vinimos?», o «Yo no te pedí que viniéramos», o «Malagradecido», o «Ese no es mi juguete», o «Quiero uno nuevo», o «Ya estoy grande para jugar con eso», o «Quiero un celular».

En una semana, devolví una pistola de agua, un carrito de control remoto, una pistola de láser, un guante de béisbol, un dinosaurio T-Rex, dos velocirraptores, una espada medieval y una espada láser de Star Wars, una careta de plástico de Iron Man, el martillo de Thor y un muñeco con pinta de superhéroe o de mago. Era medio canoso, con un uniforme rojo, mezcla de astrólogo y de militar condecorado, con pantalones lycra blancos, con cara de arrogante o de reformador de colonias intergalácticas, y que se parecía mucho, tal vez demasiado, al mariscal Alejandro O'Reilly.

POLIESTIRENO

Una vez hice una escultura de una mujer con materiales de ferretería. Sin que mi madre se diera cuenta, fui poco a poco subiendo a mi cuarto algunos bloques de *foam* que habíamos empezado a vender. Los constructores los pedían como bloques o paneles de poliestireno. Me llevé una segueta pequeña para darle forma, pero tuve que desistir por el reguero de bolitas de *foam* que quedaban dando vueltas por el piso y que eran imposibles de barrer. Cuando mi madre vio las bolitas diminutas me preguntó si yo estaba haciendo nieve otra vez, como antes, y le mentí: le dije que necesitaba el *foam* para una asignación de la clase de arte. Apenas pude darle forma al torso, no le hice brazos como algunas esculturas griegas, y fue imposible moldear los senos. Así que utilicé dos chupones de inodoro anaranjados, sin el palo, dos arandelas y dos tornillos para los pezones, y los cubrí con un brasier negro de mi madre. Para el pelo, usé un mapo industrial de gamuza amarilla, y para el rostro recorté la cara de un afiche de una película que me llevé del video club abandonado que había a una cuadra de casa. El afiche era de una película de acción que tenía a una mujer con ropa pegada, una metralleta Uzi en cada mano y una mirada seria y coqueta, como si ya hubiera disparado y solo le faltaba soplar el humo de sus metralletas.

Pero nada salió bien. No era que yo fuera mal escultor, aunque algo de eso había, sino que olvidé ponerle seguro a la puerta y, una tarde, mientras mi madre cuadraba la caja registradora, subí a la casa, cerré la puerta y desplegué mi escultura encima de la cama. Mi madre entró al cuarto cuando yo tocaba los chupones. Ella pegó un grito y yo también. Se volteó, se disculpó por no haber tocado la puerta antes y me dijo que me había llamado porque necesitaba mi ayuda y, como yo no contesté, subió a buscarme. Me tapé la cara de la vergüenza y le pedí que se fuera del cuarto, pero mi madre se sentó en la cama, como una madre de verdad, y me dijo que eso no era nada malo, que era normal a mi edad, y que me había quedado bien la escultura; que tenía puntos por creatividad, aunque lo del mapo y los chupones podía mejorar. Ambos reímos. Vi su risa por entre mis manos y ella vio la mía. Entonces mi madre intentó abrazarme.

En realidad, me echó el brazo por encima del hombro y yo recosté mi cabeza sobre su cuello. Sentí su olor a suavizador de ropa, a polvo de cemento y a cáscaras de mandarina dejadas en el *counter* al lado de mercancía nueva. Mucho después fui a una de esas ferreterías grandes, de franquicia, solo a pasar por los estantes para recordar a mi madre. En la góndola de plomería la recordé afeitándose las piernas y en la góndola de madera recordé su piel color aserrín. Creo que en mi memoria solo hay góndolas de ferreterías para reparar los recuerdos.

Quise quedarme más rato en su cuello, y le pedí perdón. ¿Para qué pedir perdón si no es para oler por un largo rato el cuello de mi madre? Me dijo que no había nada que perdonar y, para tranquilizarme, me contó de un mito taíno, que era el único que recordaba porque fue lo último que escuchó de la clase de Historia cuando ya sabía que yo estaba en su barriga. No se acordaba de la organización taína ni de los petroglifos, solo de ese mito. Lo mejor de los mitos es que no se enreda con las fechas ni con la Historia y sirve para que las madres se sienten en la cama a contar. Y mi madre nunca se había sentado en mi cama a leerme ningún cuento porque, según ella, le daba vergüenza no haber terminado la escuela y porque yo leía más lindo que ella. Entonces me contó que en La Española un cacique se enfadó con un dios, no recordaba cuál, y ese dios lo castigó dejándolo sin mujeres. Se las llevó todas a una isla desconocida. Un día, desesperado, los indios vieron que de los árboles cayeron unas figuras humanas carentes de sexo. Y como eran de madera, el cacique mandó a buscar pájaros carpinteros para que les tallaran el sexo. Por eso dicen que el pájaro carpintero tiene el pecho rojo.

—¿Y se puede saber cómo se llama esta chica? —me preguntó con una sonrisa coqueta.

—¿Quién?

—Ella, tu escultura —me dijo—. Que yo sepa, no hay ninguna nena rubia en tu escuela.

—No te voy a decir —le dije, y volví a su cuello.

Mi madre lo sospechaba, pero se regodeó a propósito porque quería que fuera yo el que le dijera. Así que empezó a decir nombres de algunas mujeres que habían comenzado a visitar la ferretería más a menudo.

—¿Desiré? —me preguntó.

Dije que no con la cabeza. Desiré había empezado a venir desde que se apareció por la ferretería preguntando por «la puta esa quita maridos y el niño roba juguetes». Cuando mi madre la vio empezaron a gritar de la emoción porque habían estudiado juntas y no se veían desde la Intermedia. Desiré era bajita, había tenido cinco hijos casi corridos, siempre olía a acetona, tenía la voz dulce, una cara delgada, pero era ancha de carnes; no era gorda o estaba a punto de serlo. Sus brazos eran gruesos como saxofones y las uñas no estaban pintadas de amarillo, sino de color «No estacione». Ambas se habían enamorado de mi padre a la vez, pero mi madre no sabía fumar y Desiré le dijo que si quería conquistarlo tenía que aprender a fumar. Durante los días en que mi padre estuvo soldando rejas en la escuela, por el robo de computadoras, ambas compitieron: se enrollaron las faldas, se pusieron brasieres oscuros con la camisa blanca del uniforme, se maquillaron hasta más no poder y hasta escribieron corazones con el nombre de mi padre en los pupitres y en las paredes. Mi madre apenas tuvo tiempo para ensayar. Cuando mi padre vio aquel rostro asomado entre las rejas pidiendo fuego, no sabía que aquel había sido el primer cigarrillo de mi madre.

—Estuviste a un cigarrillo de que yo fuera tu madre —me dijo Desiré.

Desiré empezó a venir más a menudo y traía a sus nenes para que jugaran conmigo, pero yo no estaba para juegos. Por esos días mi padre había llamado por teléfono. Dijo que iba a venir pronto a visitar a la tía que lo crio, que estaba enferma, y que quería pasar unos días conmigo en la isla. Ya hablaba de «la isla» y eso era una señal. Me dijo que estaba loco porque yo fuera allá, que me iba a mandar a buscar, que me iba a llevar por los parques de Disney para mostrarme todo lo que había soldado. Sospechaba que mentía y lo dejé monologar: «El dinosaurio que se mueve entre los arbustos cuando entras, eso yo lo soldé; la parte más alta de la montaña rusa que da un giro y pasa cerquita del agua, eso yo lo soldé; aquel pirata con sombrero que mueve la quijada y parece que habla y tiene un mecanismo de metal, eso yo lo soldé; la baranda del ascensor que sube y baja de cantazo, eso también yo lo soldé».

Mi madre continuó probando nombres, buscando que yo confesara. Intentó con cantantes pop, con merengueras que yo no conocía. Pero no consiguió respuesta. Miró hacia arriba buscando nombres, haciéndose la que no sabía:

—Bueno, pues será doña Gabriela —dijo mi madre.

—Esa señora podría ser mi abuela —le dije indignado.

Doña Gabriela no era tan doña, pero tenía un hijo que era dueño de un punto de drogas entre Campanilla y Sabana Seca, y eso le daba permiso para el drama. Era flaca, como ropa tendida, tenía el pelo corto y más negro que gris, la piel amarillenta, los labios manchados por el cigarrillo, y había criado unas ojeras carnosas como ostras sin concha que le daban ese tono de abuela prematura. Apareció un día por la ferretería pidiéndole a mi madre que se casara con su hijo para sacarlo de los malos pasos y que con los chavos que tenía su hijo podrían expandir la ferretería hacia atrás y vender arena, piedra, bloques y madera en grande. Luego, al verme leyendo un libro en el *counter*, me dijo que su hijo podía pagarme la universidad para que me hiciera abogado y lo sacara de la cárcel cuando lo volvieran a arrestar.

Cuando mataron a su hijo empezó a venir por la ferretería más a menudo; se fumaba un cigarrillo con mi madre, compraba un alicate para abrir la verja de la antigua Base Naval y se metía por allí para darle comida a la yegua favorita de su hijo: Susurro. De la noche a la mañana se hizo experta en caballos y contó casi como un milagro el parto de Susurro. Como el potrito era gris y la madre marrón, le pusimos Yagrumo. Entonces era doña Gabriela la que iba por la ferretería diciendo: «Esto es para Yagrumo». Un día encontró al potrito y a la yegua muertos. Les dieron un tiro a cada uno para mandarle un mensaje a un socio de su hijo que aún quedaba vivo. Doña Gabriela llegó sollozando a la ferretería. Lloró más que cuando mataron a su hijo. Tiró las carretillas y viró los drones con escobas y rastrillos que poníamos al frente. Al verla, mi madre reconoció esa rabia, y buscó un bloque de poliestireno para que, en vez de dañar la mercancía, diera todos los golpes que quisiera allí. Mi madre le aguantaba los bloques para que doña Gabriela pudiera darles. Maldijo a todo el mundo mientras arrancaba, golpeaba y hasta mordía el *foam*. Abrazaba el *foam* y luego le caía a cantazos. Luego reunía las partes rotas y les pedía perdón por romperlo y trataba de unirlo todo otra vez y le hablaba como si el *foam* hubiera tenido vida alguna vez. Cuando se cansó, mi madre le encendió varios cigarrillos a doña Gabriela hasta que se calmó.

Estuvimos días barriendo aquellas diminutas bolitas de *foam* que quedaron por el piso. Cuando pensaba que ya las había recogido todas, aparecían por una esquina; no llegaban nunca a alzar el vuelo, pero bailaban por el suelo al son del viento. Cada vez que me encontraba con un grupo de bolitas danzantes de *foam* pensaba en el alma del hijo de doña Gabriela, y hasta en las almas de la yegua Susurro y su potrito Yagrumo. No sabía si los caballos tenían alma y, si tenían, deberían estar hechas del mismo material que las nuestras. Pienso que lo más importante de la gente y de ciertos animales es eso que escapa, que flota, que se hace liviano, que no vuela, pero que baila. Si el alma no baila, mejor que no sea alma.

Entonces confesé y mi madre sonrió confirmando su sospecha. Brenda Zambrana apareció por la ferretería una tarde nublada y por casualidad. Tenía un pantalón de hilo verde, como las hojas de uva de playa, que le marcaba las caderas, unas sandalias altas, un cinturón ancho con una hebilla de falso bronce, una camisa negra de manga larga, pegada, pero con un escote pronunciado en forma de arco, y unas gafas en la cabeza que funcionaban como diadema y que le sostenían el pelo. Se notaba que se pintaba el pelo de rubio para disimular unas canas prematuras. Tenía los ojos como mi madre, casi amarillos, como cuando uno muerde un lápiz número dos y quedan los pedazos de laca amarilla junto a las huellas de las muelas en la madera del lápiz. Mi madre me había enseñado la diferencia entre tetas y senos, pero los pechos de Brenda estaban justo en el medio de esas dos palabras. Era más alta y mayor que mi madre (su nombre y su apellido daban la sensación de que corrían el abecedario entero). Su piel era suave como esos pañitos que dan en las ópticas para limpiar los espejuelos. Un inicio de papada sutil debajo de la quijada, como la Mona Lisa, y unos rollitos tímidos en la cintura, que la sacaban de una foto de revista y la devolvían al reino de la carne.

Llevaba un rato buscando la Parroquia San José Obrero y se detuvo en la ferretería por el afiche de mi madre en la puerta de cristal. Aunque había perdido un poco el color, dijo que la foto de mi madre con los ojos cerrados y la boca abierta, a punto de beber, se le parecía a una escultura en la Iglesia de Santa María de la Victoria en Roma llamada el «Éxtasis de Santa Teresa». Supuse que era profesora universitaria por cómo miró el libro que yo leía y por lo exagerada que sonó cuando comparó el afiche de mi madre con Santa Teresa en éxtasis místico.

Brenda daba clases de humanidades en una universidad, no sé si de aquí o de Estados Unidos, y buscaba la parroquia porque quería escribir sobre la poesía del Padre Darío. Como empezó a llover, nos quedamos un rato hablando y le conté de mi amistad con el Padre Darío y la enorme biblioteca que dejó, de la cual yo tomaba libros prestados. Cuando escampó le señalé dónde quedaba la parroquia y quedó en volver para que le contara más cosas del padre. Estuvo viniendo por una o dos semanas y me ponía nervioso cada vez que llegaba; me sudaban las manos y me daban palpitaciones. Le conté que había conocido al Padre Darío mientras mi padre instalaba rejas a la parroquia. Al otro día Brenda me trajo un libro grueso. Me dijo que, cuando le comenté que mi padre era soldador, pensó en la escena en que Hefesto le forja un escudo a Aquiles, a petición de su madre Tetis, para dejarlo regresar a la batalla. Sin escudo no podría ir. Leí mucho aquel verano. Cuando Brenda supo que mi padre se había ido a la Florida me trajo otro libro sobre unos mercenarios que, después matar a nombre de un líder persa, intentan regresar a casa, pero no encuentran el camino. De pronto, caminando entre montañas, ven el mar y todos aplauden, se alegran y lo señalan porque recuerdan el tiempo en que eran marineros; solo así encuentran su camino a casa. Como Toa Baja no tenía casi montañas, pensé que, si mi padre no se acordaba del camino a casa, podía subirse a la cima del vertedero municipal; desde allí seguramente se podía ver el mar y nuestra casa.

Uno de esos días en que apareció después de investigar, mi madre la invitó a fumarse un cigarrillo frente al estacionamiento de la ferretería. Brenda no fumaba hacía mucho tiempo, pero lo aceptó por cortesía. Yo hubiera querido encender aquel cigarrillo a Brenda. Me quedé en el *counter* por si venía algún cliente y la escuché cuando mi madre le preguntó a ella si conocía algún programa de Escuela Nocturna para poder terminar la Escuela Superior. Le dijo que conocía uno y que estaba a tiempo, que empezaba en agosto.

El día en que Brenda anunció que no vendría más porque saldría de viaje a visitar otro archivo, me llevé una escalera de la ferretería, crucé la carretera y la recosté en la verja de la antigua Base Naval para arrancar las flores lilas de enredadera que crecían entre los alambres de púas. Llegué todo cortado. Fue como ir a la guerra. Tal vez mejor. Brenda y mi madre me curaron; mi madre una mano y Brenda la otra. Sangre, flores, alambres de púas y curitas: no recuerdo una felicidad como esa. Antes de que Brenda se montara en el carro con sus flores de enredadera envueltas en hojas de papel de periódico, le dije al oído que me hubiera gustado que fuera mi novia, pero que tendría que esperar a que cumpliera los catorce porque le prometí a mi madre que no tendría novia hasta los catorce. Brenda sonrió con pena y me abrazó. Sentí sus pechos contra mi rostro. No eran ni blandos ni sólidos. Dos días después empecé a dar vueltas por el almacén, sin que mi madre se diera cuenta, buscando fabricar a Brenda Zambrana con un bloque de poliestireno. Y mi madre tenía razón, lo de los chupones como pechos y el mapo de gamuza como cabello eran francamente imperdonables.

A mediados de agosto mi madre empezó la Escuela Nocturna. Estuvimos casi todo agosto y principio de septiembre estudiando; ella para sus clases y yo para las mías. A mi madre le gustaba la rima consonante y a mí la asonante; mi madre prefería el polisíndeton y yo la sinalefa; mi madre el álgebra y yo la geometría; mi madre las oraciones transitivas y yo las intransitivas. Hicimos un trato; ella me corregía mis asignaciones de matemáticas y yo los ejercicios de gramática.

Cuando me pidió que le ayudara con la lectura en voz alta, me dijo que quería practicar con uno de los libros que Brenda me había regalado. Le di el capítulo en el que Tetis le pide a Hefesto que le construya el escudo a Aquiles. Mi madre se quejó de las oraciones largas, de los nombres griegos, de lo chango que era Aquiles o lo mal que le caía Tetis por engreír a

Aquiles. Esa noche mi padre llamó y dijo que no podría venir porque había empezado un trabajo nuevo y porque los meteorólogos decían que por ahí venía un huracán, y no quería quedarse varado aquí por demasiado tiempo. Ni siquiera habló conmigo, solo con mi madre. Enfurecí mucho y quise que mi madre me acurrucara en su cuello, que me contara algún mito taíno; quería quedarme dormido en su cuello mientras me cantaba una nana, aunque su voz sonara como las alarmas de inundación de Toa Baja.

Me quedé viendo televisión y mi madre bajó a la ferretería a hacer un inventario por si acaso venía el huracán. Al rato me pidió que bajara a ayudarla. En realidad, mi madre no hizo ningún inventario, sino que preparó una escultura. Con bloques de *foam* hizo un torso de hombre: hombros anchos, el pecho y el abdomen plano y algo parecido a una cabeza, al que le puso la careta de soldar.

—Dile todo lo que le tengas que decir a tu padre —me dijo—. Tienes permiso de hablar malo.

Y así lo hice. Le di golpes, lo insulté, lo maldije, le escupí, le arranqué partes, incluso la cabeza. Tiré la careta de soldar al piso y me gustó cómo sonó cuando la tiré. Por todo el piso de la ferretería había residuos de mi padre. Acumulábamos los pedazos más grandes de *foam* en una esquina, apagamos los abanicos del techo para que los pedazos más pequeños no volaran, pero aun así las bolitas de *foam* tomaban impulso y se escapaban. Mucho después, cuando a mi madre le empezaron a salir quistes en los senos, decía que eso brillante que se veía en las placas eran bolitas de poliestireno.

Barrimos lo que pudimos y, tarde en la noche, mi madre se rindió y dijo que lo dejáramos así, que era imposible deshacerse de los residuos, y que el huracán ese que andaban anunciando por televisión, si venía, se encargaría del resto.

ESCUELA NOCTURNA

Lo único que quedó de la casa de madera fue el inodoro rosa. Todo lo demás se lo llevó el huracán. El techo, las paredes, el letrero de la ferretería, el balcón, los juegos de cuarto, la nevera, toda la cocina. Solo quedó de pie la mitad de la pared de bloques de la ducha y aquel trono rosa. No era que antes fuera de otro color, sino que el sol lo hacía más rosa que nunca. Todo el que pasaba por allí lo señalaba con cierta sonrisa. Después de ver tanta casa de madera destruida, tanta cablería en el suelo, tantos postes caídos, tanto letrero sin letras, tantas planchas de zinc dobladas y tantos troncos en la carretera, el inodoro rosa en el techo era casi un premio. Hasta las escaleras de cemento, que antes daban a la casa de madera, de pronto parecían conducir solo al inodoro. Por un tiempo llegó a ser la única señal de que todavía éramos una ferretería. Nunca vendimos inodoros, pero sí piezas y tapas de inodoro de todo tipo: blancas, amarillas, verdes. Pero las tapas rosas eran las menos que se vendían y el huracán logró que no vendiéramos ni una.

Hasta que los vientos no derribaron la casa no supe que guardaba recuerdos de aquel inodoro: mi padre y yo orinando a la misma vez, haciendo una cruz con nuestros chorritos; la sangre de la menstruación de mi madre que tomaba un tono de atardecer, de esos que se niegan a ser noche; mi madre con un pie en el inodoro afeitándose las piernas o el *bikini line*; abuelo, todavía con piernas, desarmando el inodoro para rescatar un juguete encajado; abuelo tarareando un bolero mientras orinaba, sin piernas, a la altura de su silla de ruedas.

Cuando regresamos a la escuela y los maestros empezaron a pedir composiciones escritas sobre el huracán, lo primero que hice fue escribir sobre aquel inodoro. Nos pidieron leerlo frente a todos y casi todos falseaban un poco sus historias de huracán. Sacaba mejor nota el que demostrara que había sufrido más, o el que hubiese perdido más cosas, o al que se le murió algún pariente o conocido, o el que lograra sacarle lágrimas a la maestra. Algunos se prestaron inundaciones, vientos, casas, fango, árboles, postes de luz, cablería, planchas de zinc, ruidos, mascotas y parientes muertos. Esteban dijo que el agua le llegó al pecho, pero en realidad no pasó de sus rodillas; Miriam dijo que perdió el techo de su casa, pero sólo fueron dos planchas de zinc; Julián dijo que perdió toda su ropa para poder ir a la escuela sin el uniforme; lo mismo Rita, que adornó diciendo que sus libretas se las llevó el huracán y que parecían palomas volando cuando uno las espanta a zapatazos. A la única que le creí fue a María, que escribió un ensayo sobre por qué odiaba su nombre, o por qué odiaba los nombres de los huracanes, o por qué odiaba que los terremotos no tuvieran nombres, ni los tsunamis, ni los incendios, ni las inundaciones, ni los asteroides, pero sí los huracanes. Por supuesto, María y yo fuimos las notas más bajas. Los del salón empezaron a llamarla María la Brujita; de mí decían que mis mojones eran color rosa.

Así que, en la segunda composición, decidí mentir un poco:

Como el huracán tumbó los árboles, una reinita hizo un nido en el brasier colgado de mi madre. Lo encontramos uno de esos días mientras buscábamos la casa de arriba en el patio trasero. Todos los días descubríamos cosas nuevas en el patio trasero: ganchos de ropa, ollas, cubiertos, adornos viejos de Navidad, la silla de ruedas de abuelo, un marco de foto sin foto, los pañales que sobraron de abuelo esponjados en el pasto y que se parecían al maná del cielo que describen en el Génesis o nubes dibujadas por niños con los cachetes llenos. Si ayer encontramos el reproductor de DVD, el televisor con la pantalla rota y un paquete de pastillas anticonceptivas de mi madre, de seguro mañana encontraremos: el traje de bodas que mi madre nunca se puso, el PlayStation o el teléfono celular que nunca me compraron, y la foto familiar que nunca nos tomamos.

Cuando el primer cliente preguntó si la ferretería estaba abierta, no supimos qué contestar. En el counter había una estufa de gas propano de dos hornillas, un colador y una taza de café, latas de atún, paquetes de galletas saladas. Encima de la caja registradora había ropa interior mía y de mi madre doblada. En la góndola de las brochas y rolos de pintura colgaba ropa de gancho. En el almacén había pedazos de la casa de arriba: una ventana de aluminio, dos o tres paneles intactos que tenían todavía los clavos de los retratos colgados.

En el estante de plomería, había ollas, sartenes, cucharones, tenedores, tazas de cerámicas que fuimos encontrando en el patio trasero y el fregadero de la casa de arriba. No sabíamos si la casa había secuestrado la ferretería o si la ferretería había tomado la casa de rehén. Antes nos defendíamos de la casa con la ferretería. Ahora nos defendemos de la ferretería con la casa. Y para que la ferretería pareciera una ferretería, quitamos todos los anuncios de la puerta y el afiche de mi madre, y dejamos solo dos: «Estamos abiertos» y «Solo efectivo». Pero en realidad hacían falta otros dos: uno que dijera «Esto es una ferretería» y otro que anunciara «Esto también es una casa».

Como mi madre y yo dormíamos cada uno en un mattress, detrás del counter, cuando nos levantábamos lo primero que veíamos eran herramientas colgando. En las primeras noches después del huracán soñamos que éramos asesinos. No sabíamos a quién asesinábamos. Luego se fue aclarando todo: asesinábamos a mi padre con seguetas, tijeras de jardinero, cadenas del interior de los inodoros, martillos, clavos, tornillos, llaves de perro y la sangre caía toda en una palangana. Fuimos cambiando las herramientas de lugar hasta que nos apiadamos; entonces pasamos de asesinos

a torturadores. Como no había agua no lo ahoga-
mos. Como no había electricidad no lo electrocu-
tamos. Eso sí, como vendimos tantas sogas, tablas
de lavar y palanganas, mi madre y yo, cada uno
en su sueño, torturamos a mi padre con cordeles
y pinches de ropa. Lo amarramos a una silla y le
íbamos poniendo pinches de ropa por toda la piel.
Le pusimos en el chicho de la oreja, en cada dedo,
en los cachetes, en los labios, en la nariz y no nos
detuvimos hasta que mi padre nos diera el dinero
de la pensión alimenticia que nos debía. Como se
nos acabaron los pinches, mi madre fue al cordel
de afuera y le quitó el pinche al único brasier que le
quedaba, pero no se dio cuenta que había un nido
y los huevos de la reinita cayeron al suelo, rotos.

Le pedí a mi madre que lo leyera y me dijo que
lo del brasier no tenía ninguna lógica porque ella no
dejaría nunca un brasier colgando tanto tiempo, al
menos no el tiempo que necesita una reinita para hacer un nido; primero, porque se tostaban; segundo,
porque le daba moho a la varilla que llevaban dentro; tercero, porque eran caros y le quedaban pocos.
Y me preguntó si alguna vez había visto un nido de
reinita. No supe qué responder o me molesté y al verme el rostro me dijo que mi problema era que yo me

enamoraba de las oraciones que escribía. Me dijo que en la Escuela Nocturna aprendió que había que escribir oraciones sencillas y verdaderas, que la verdad no dependía de adjetivos y que solo los mentirosos adornaban.

Estuve semanas tratando de escribir oraciones verdaderas, pero todo lo que escribía terminaba contaminado de un aire fantástico. Tal vez porque dormir en una ferretería era algo extraño, tal vez porque aquel no era precisamente un tiempo para escribir oraciones verdaderas. Abandoné mi proyecto de encontrar oraciones verdaderas, hasta aquella tarde de noviembre en que mi madre me pidió que la acompañara a buscar una letra para el nuevo letrero de la ferretería.

Un cliente nuestro, dueño de una farmacia de Sabana Seca, le ofreció a mi madre una letra porque iban a sustituir el letrero por un cruzacalles. Fuimos a buscar una «F» mayúscula, roja y gordita. El plan de mi madre era utilizar madera de la casa de arriba para colocar un nuevo letrero usando letras de otros letreros, aunque fueran distintas. A mí la idea me pareció buenísima porque era la mejor excusa para retomar mi proyecto de escribir oraciones verdaderas. Pero esta vez no sería yo quien establecería las reglas, sino el propio huracán. Solo escribiría oraciones con las letras y palabras que quedaron en los letreros. Sería algo así como un alfabeto hecho de lluvia y vientos, como si el propio huracán hubiera dejado sus huellas para contarlo.

Empecé haciendo un listado de palabras que el huracán no se llevó de los letreros. Por ejemplo, de una gasolinera Shell, apenas quedó la palabra *cigarrillos*; de un hojalatero la palabra *taller*; de la primera podía sacar: *llorar, cigarra, rollo, rogar*; de la segunda: *tallé, era, letra*. De una funeraria: *rara, rana, frena*; de una panadería: *pan, nada, piara*; de otra gasolinera: *sol, gasa, sano, sola, osa, lana, ganas, gala, nalga*. De todas aquellas letras, mis favoritas eran las de los restaurantes chinos. Eran los mejores poniéndoles nombres a sus negocios. En casi todos los que vi los vientos se llevaron las letras de la palabra *Oriental* o *China*, pero respetaron las más pequeñas: *flor, bambú, mayo, casa, dragón, panda, palacio*. A mi madre le empezó a gustar su nombre una noche en la que se dio cuenta que, con su nombre, Pilar, no se podían hacer casi palabras. Siempre le pareció que su nombre era nombre de vieja, de señora, hasta aquella noche que su nombre se volvió joven, más joven que el mío. Con mi apodo, Javi, no se podía hacer mucho, pero de mi nombre completo salían: *ave, verja, reía, ira*.

A la hora de hacer oraciones estaba limitado, pero esa limitación me retaba; no podía escribir inundación, pero sí agua y aguante; no podía escribir árbol, pero sí tronco o rama; no podía escribir huracán, pero sí vientos; no podía escribir humo, pero sí fuego; no podía escribir madre, pero sí *toa*, que era la palabra que usaban los taínos para llamar a este llano: Toa Baja. Según el maestro de Historia, la palabra taína toa significaba río, madre, nana y teta. Todos reímos cuando dijo teta, pero el maestro nos explicó que para los taínos una misma cosa podía significar varias a la vez y que el río alimentaba la tierra de la misma forma en que los senos de la madre alimentaban a sus bebés. Y cuando sus bebés lloraban pidiendo teta, las madres les cantaban para calmarlos de la misma forma en que los taínos cantaban para que lloviera o escampara. Ser, estar, padecer, querer, paisaje exterior e interior se mezclaban en una palabra de apenas tres letras. ¿Qué más verdadero que eso? Querer teta era también querer río. Y querer río era también querer madre. Y querer madre era también querer canción.

Como en noviembre oscurecía más temprano, cerrábamos la ferretería antes de que cayera la noche para cazar mejores letras. Por suerte, el toque de queda había terminado. Lo que parecía no tener fin eran los escombros frente a casas y negocios. Todo volvía a estar junto, como antes del Big Bang del que hablaban los maestros: ramas, muebles, antenas, cisternas, ventanas, mesas, sillas, roperos, puertas, alfombras y letreros. A más escombros más posibilidad de encontrar buenas letras. Después que el dueño de una pizzería nos echó a sus dóberman para que no nos lleváramos la única letra que le quedaba a su letrero, mi madre solo se detenía en negocios a los que le faltaban más de tres letras.

Al principio éramos selectivos, buscamos letras más o menos del mismo tamaño y color. Las preferíamos rojas, tal vez anaranjadas, negras o amarillas. Conseguir dos erres iguales fue imposible. Después acabamos cediendo en color y estilo. Lo que no era negociable era el tamaño y cada vez que mi madre se bajaba en algún negocio se ponía en la cintura una cinta métrica de construcción plateada, que parecía un revólver de vaquero. Si abuelo llega a estar vivo le hubiese narrado la escena como en las películas del viejo oeste que me pedía que le contara. Además, el huracán acentuó el estilo del viejo oeste que siempre tuvo Toa Baja. Ya no tenía indios, pero los tuvo: *río, madre, nana, teta*.

En realidad, casi todos se sorprendían del pedido de mi madre. Ningún dueño de negocio estaba preparado para que alguien le preguntara si le regalaba una letra de su letrero maltrecho. En ocasiones lo pensaban un rato, otras veces se arrepentían cuando ya mi madre había puesto escalera para treparse, como si las letras fueran la ropa de un familiar muerto del que no querían desprenderse. Algunos solo accedían al ver a mi madre treparse en la escalera. Cuando se dio cuenta que lo de la escalera funcionaba, mi madre se ponía pantalones cada vez más cortos. Casi siempre yo la esperaba en la guagua y desde esa distancia aprendí a reírme de los gerentes aguantándole la escalera a mi madre solo para ligarle las nalgas: *río, madre, nana, teta.*

Pero no siempre las nalgas de mi madre conseguían letras. En una iglesia de Candelaria llamada Casa del Rey nos negaron la «R» de rey en cursiva que nos encantaba, y el pastor justificó su decisión diciendo que Dios la dejó allí con un propósito, que nunca nos dijo. El Padre Darío decía que no confiaba en los religiosos que se guardaban a Dios en el bolsillo. Decía que Dios no escondía nada, y que para Dios todo debía ser gratis. Pero por alguna razón los letreros no entraban en el reino de lo gratuito. Nos pasó en un consultorio de dentista: el huracán se llevó todas las letras excepto la «T» y el símbolo de una muela, pero el dueño se negó a darnos aquella letra solitaria, que era mejor que la doble «t» en minúsculas y en cursiva que nos robamos de un letrero municipal en Levittown en la Avenida Sabana Seca. Mi madre sabía que no usaría aquellas letras, pero aun así las echó en la cajuela porque quería saber qué se sentía robarse algo por capricho, como hacía Holly Golightly en su película favorita.

En los restaurantes de comida rápida teníamos que esperar a que el gerente de turno preguntara a otro gerente de más alto rango para que dieran el visto bueno de regalarnos una de aquellas letras que anunciaban comida: de *hamburgers* solo quedaba «ham», de sándwiches solo «wiches». En una franquicia de mantecados cerca de Río Hondo también nos negaron una «a» y una «r» minúsculas. Recordé aquello que me contó una vez el Padre Darío sobre un poeta puertorriqueño que, encerrado en La Princesa, sacó poemas de la cárcel en saquitos de azúcar. Cada vez que su esposa lo visitaba ella se llevaba los sobrecitos de azúcar llenos de versos.

Si yo me enamoraba de las oraciones, mi madre se enamoraba de las letras. Una vez quedó flechada por una letra «F», a pesar de que ya teníamos una. Traté de convencer a mi madre que aquella letra era muy grande en comparación a las que teníamos y que no había luz para conectarla, pero ella insistía en que necesitábamos una letra como aquella. Parecía una letra de carnaval o de feria y tenía todas las bombillas rotas por dentro. Quizás por eso le gustaba.

El colmado se llamaba Fernández, pero parecía que decía colmado «Fe» porque un poste de luz le destruyó todo el letrero excepto las primeras dos letras. El poste de luz era de madera y todavía estaba allí, recostado del letrero, y el dueño había puesto carritos de compra debajo y alrededor para evitar cualquier accidente. Todavía no había caído la noche y se podía ver que por los cables del poste empezaba a crecer una enredadera de flor lila. Cuando mi madre se acercó para preguntar por aquella «F», el dueño respondió malhumorado. Era tan mayor como mi abuelo, pero más alto y corpulento: parecía una nube gris y regordeta que decidió quedarse con el agua de lluvia. Mi madre insistió y el dueño nos botó del lugar. Creía que nosotros éramos de los Supermercados Selectos o de Econo, que eran de la competencia, y que según él querían acabar con los colmados del barrio. El hijo del dueño trató de convencer a su padre, pero no lo logró. Los gritos se escuchaban en la guagua a pesar del ruido que hacía la planta de diésel. Vi cuando el hijo del dueño se acercó a mi madre y le dijo algo al oído. Era alto y joven, tenía barba y cara de llamarse Carlos. Ambos compartieron un cigarrillo y se miraban con deseo. En realidad, no podía ver sus miradas, porque la noche ya había caído; desde donde yo estaba solo podía ver el puntito anaranjado del cigarrillo, que se movía de una boca a otra.

De regreso a la ferretería ambos estuvimos callados. Llevábamos casi tres meses sin luz y las noches hacían de Toa Baja un pesebre: familias enteras afuera, a la luz de un celular, una vela o una linterna sentados en el balcón o a la orilla de la calle viendo la noche, como si el pasado estuviera a punto de ocurrir. Tal vez Toa Baja nunca había sido más Toa Baja que después del huracán. Cuando llegamos ni siquiera pregunté si podía acompañarla a buscar aquella letra; mi madre se puso un traje pegado y se maquilló a la luz de una vela. Tuve ganas de decirle que le faltaba una cadena en el cuello, que podía usar la cadena del inodoro, pero me quedé callado. ¿Cuál iba a ser mi castigo si se lo decía? No había luz ni agua ni casa de arriba, ni televisor ni nada, salvo un buen bofetón. Prendí mi linterna, me acomodé en el *mattress* detrás del *counter*. Intenté leer en lo que se iba, pero no podía dejar de pensar en los taínos: *río, madre, nana, teta.*

Cuando llegó, horas después, me pidió ayuda para cargar la letra y le dije que no, que le pidiera ayuda al hijo del dueño del supermercado. Sacó una carretilla refunfuñando, fue a la guagua, abrió la puerta de la cajuela, echó la letra de mala gana, condujo la carretilla de regreso y la tiró en la entrada de la ferretería: se escuchó el ruido de bombillas rotas rompiéndose en pedazos más pequeños. Con rabia y una irónica alegría, me dijo que mañana iría sola a buscar todas las letras que le diera la gana y que iba a llegar tarde porque pensaba acostarse con todos los dueños de las letras.

—A que no escribes eso, ¿ah? —me dijo en tono burlón—. Aquí te va la primera oración: «Mi madre se acostó con el gerente de un supermercado para conseguir una F de ferretería». Dale, genio, a que no escribes eso.

No me pareció una mala oración, pero no se lo dije. Aproveché que mi madre estaba al otro lado del *counter* y prendí mi linterna debajo de la sábana para apuntar la oración en una libreta. Mientras se cambiaba, o se lavaba los dientes, o se ponía la pijama, o se quitaba su brasier, o lo colgaba en un estante del almacén, no dejó de decir oraciones. «Aquí va otra», decía, imitando mi voz en son de burla:

—Mi madre vendió su cuerpo por una F que tenía las bombillas rotas.

»Mi madre es una puta gramatical.

»Mi madre va a la Escuela Nocturna y tiene sexo a cambio de letras.

»Mi madre solo se acuesta con hombres de letras.

»Mi madre se acuesta con hombres de letras gordas, flacas, negras, blancas, amarillas, mayúsculas, con tildes o en cursiva.

»Mi madre esconde letras en el brasier.

»Mi madre grita de placer y sus gritos se escriben como las letras de los restaurantes chinos.

No recuerdo cuál fue la última oración que dijo mi madre, y si las dijo en ese orden, pero intuí que aquella fue mi primera lección en la Escuela Nocturna.

PIE DE FOTO

De la ferretería apenas quedaron fotos. Y fue porque mi madre me pidió que le tomara algunas. Para que pareciera una ferretería, mi madre pegó algunas de las viejas cartulinas que yo había preparado desde que quedamos a cargo de la ferretería: Abierto. Cerrado. Abierto los domingos. Cerrado los domingos. Vengo en cinco minutos. Cerrado el Viernes Santo. Abierto el Viernes Santo. Solo efectivo. Venta de liquidación. Nunca llegamos a poner las letras que cazamos después del huracán. Tampoco hizo falta, los clientes se fueron dando cuenta de que la ferretería iba poco a poco convirtiéndose en algo parecido a una casa. El almacén se dividió por la mitad para hacer dos cuartos; el recibidor se convirtió en la sala;

con las paredes de la casa de arriba mi madre hizo una mesa para el televisor y un librero pequeño para mis libros. El *counter* terminó siendo la cocina. A veces, al buscar cubiertos, cucharas o platos encontrábamos destornilladores, tornillos de tascón, brocas de taladros, cintas métricas, palustres, martillos. En la alacena todavía había mercancía que no vendimos: la máquina de poner precios, un paquete de separadores de losa al lado de un paquete de arroz; cables eléctricos y extensiones al lado de paquetes de pasta; un sartén que perdió el mango y al que mi madre le puso un alicate de presión que parecía un pez plateado que se negaba a entrar en el aceite hirviendo.

Como el afiche de Chica Bombón lo dañó el sol y la humedad, mi madre se puso el mismo bikini blanco, unas gafas de sol, y empezó a darme instrucciones: quiero una foto aquí y otra acá. El bikini le quedaba exacto; mi madre todavía no había cumplido los treinta y empezaba en un nuevo trabajo que no tenía nada que ver con ferreterías. Se amarró el pelo en un moño, tomó una taza de café y se paró frente a la antigua vitrina, dándome la espalda, como si fuera una Holly Golightly tropical, desayunando tarde y en bikini frente a la vitrina de la ferretería. Me pidió que avanzara porque tenía un *rash* en la entrepierna por haberse hecho el *bikini line* con una navaja bota.

Se rascó y, cuando terminó, di algunos pasos hacia atrás para encuadrar con la cámara del teléfono, pero se veía mi reflejo en la vitrina y yo no quería salir en la foto. Al menos no quería que saliera esa parte de mí. Ahora me arrepiento. Tal vez escribo esto para salir en aquella foto.

Mientras buscaba algún filtro que bajara un poco la intensidad de la luz de la tarde, recordé la última vez que adornamos la vitrina para la venta de liquidación. Era diciembre y enmarcamos la vitrina con guirnaldas. Le pusimos bombillas de Navidad de colores a una sierra de gasolina, desde el mango hasta la cadena de pullitas y lazos de Navidad a dos tapas de inodoro, una rosa y otra verde menta, que tampoco se vendieron. A la punta de dos envases de gasolina rojos mi madre le puso lágrimas de Navidad plateadas. Unos narcos, nuevos por el barrio, compraron los bidones, el *tape* gris, cadenas, sogas, y bolsas de basura negras, tamaño jumbo; no compraron nada para sus caballos. Preguntamos y nos dijeron que no les interesaban los caballos ni sus nombres. Nunca se lo dije a mi madre, pero recé para que nadie comprara la careta de soldar de mi padre. Le puso hasta un lazo de regalo para disimular los arañazos y la pintura descascarada. ¿Cómo se reza para que nadie compre una careta de soldar?

Como a principios de enero todavía nos quedaba mercancía por vender, mi madre empezó a repartirla. Echamos todo lo que cupo en la cajuela de la F-150, la única carretilla se la dimos a doña Gabriela para que no tuviera que cargar sus cosas cada vez que le daba comida a los caballos que iba adoptando de los narcos muertos. A mi antiguo profesor de Historia le llevamos todo lo de plomería; a Desiré, que comenzaba un negocio de uñas en un pequeño *mall*, le dejamos todas las brochas y rolos que teníamos; le vendimos lo que pudimos a otras ferreterías de Toa Baja, y el resto se lo donamos a la Parroquia San José Obrero. Cuando veíamos a los empleados municipales cortando grama, mi madre y yo, desde la guagua, les tirábamos hilo de *trimmer*, y ellos daban las gracias quitándose sus caretas protectoras de la misma forma en que uno se quita la gorra al entrar a una iglesia.

Uno de esos días en que regresábamos de repartir mercancía, mi madre se detuvo en la escuela donde estudió y conoció a mi padre. Estaba abandonada y vandalizada. Grafitis por todas partes y caballos pastando; se habían llevado las ventanas y los inodoros y los lavamanos de los baños. Me detuve en una pila de libros de texto frente a un salón, pero no logré rescatar casi nada. Mi madre me condujo al salón donde conoció a mi padre. Las rejas estaban en buen estado, casi no tenían moho. Mi madre empezó a buscar en la pared a ver si estaba el dibujo del corazón con su nombre y el de mi padre. Hizo lo mismo que mi abuelo cuando buscaba el balazo en el letrero: palpó la pared y cuando creyó encontrarlo raspó la pintura hasta que lo encontró. Lo miró un rato, como si lo estuviera grabando en la memoria, y cuando saqué el teléfono para tomarle una foto me dijo que prefería no tener una foto de eso; a veces la memoria sacaba mejores fotos.

Frente a la ventana, que antes era la vitrina, mi madre se pintó los labios, se puso un poco de sombra en los ojos y me pidió una servilleta para limpiar el cristal que estaba lleno de polvo, pero le dije que con el filtro del teléfono eso no se veía. Quiso que le tomara una foto desde dentro de la casa, como en *Desayuno en Tiffany's*, pero luego recordó que adentro ya no había ferretería. Se volteó, hizo una pose, tomé la foto, pero salió movida. Justo cuando iba a tomar otra foto, pasó un camión que tocó bocina. Mi madre supo que ese bocinazo era para ella y le pidió al camionero que se detuviera, y lo hizo. Trepó los escalones, se subió por la puerta del pasajero y le preguntó algo que no llegué a escuchar. Luego me dijo que me montara. Nunca habíamos subido a un camión de esos: llevaba relleno, tosca. Cuando pregunté a dónde íbamos, me señaló la montaña del vertedero. Me dijo que quería que le tomara fotos allí, con el llano de Toa Baja de fondo.

Resultó que el camionero era tímido. Hasta bajó la música que traía puesta. No se atrevía a mirar las tetas de mi madre que temblaban con los brincos del camión. Mi madre le hablaba y el camionero respondía casi con monosílabos. Como quedé en la ventana, no dejaba de mirar el paisaje. Recordé aquel dibujo que nunca llegué a hacer sobre los oficios. Pasamos por debajo del expreso 22 y, a la entrada del vertedero, el camionero tuvo que hablar con su jefe; se asomó al camión porque no le creían. Mi madre puso cara de ángel para que le dieran permiso y funcionó.

Tardamos en subir. La cuesta estaba empinada y había otros camiones en fila. Nos bajamos antes de que el camión echara la tierra sobre las bolsas de basura. Las gaviotas revoloteaban con prisa encima de la basura, como si supieran que, pronto, la tierra que llevaban los camiones los dejaría sin comida. Nos advirtieron que tuviéramos cuidado de no acercarnos demasiado a la orilla porque el terreno podía ceder. Mientras más subíamos la montaña iba perdiendo el verde y el olor a podrido. Caminamos tres o cuatro minutos hasta que quedamos sin aliento por la vista. Era mejor de lo que lo imaginaba. Por un lado, se veía el mar, el radar de Punta Salinas, la pompa de agua de Levittown, Isla de Cabra, las ruinas del Leprocomio, parte del Morro al otro lado de la Bahía de San Juan, y los carros amontonándose en el expreso 22. Vimos más de tres parques de pelota, la carretera, los carros como hormigas abajo, las ruinas, las venas de brea, pero nos dio trabajo ver nuestra casa. No la vimos porque en realidad buscamos dos casas que ya no existían; la vieja casa de madera y la ferretería. Nos dio trabajo salir de aquel paisaje para tomar fotos. Aun así, las tomé. Mi madre hizo todo tipo de poses, pero se detenía a mirar otra vez el llano. Río, madre, nana, teta.

En uno de esos momentos, se quitó las gafas, y me dijo que, si alguna vez iba a escribir algo de todo esto, aunque fuera el pie de una foto, que por favor contara la verdad y también la mentira. Quiero que escribas oraciones verdaderas y oraciones falsas, me dijo; quiero que digas que fui Santa Teresa de Jesús y Holly Golightly; quiero que digas que fui la Cleopatra, o la María Magdalena, o la Mary Poppins de las ferreterías; que me tiré a todos los hombres del municipio y que no me tiré a ninguno, salvo dos o tres, todos con el mismo nombre; quiero que digas que por las tardes venía a este vertedero a tomar sol en una silla de playa; que fui la peor y la mejor madre; que sabía de gramática y de plomería; que era poeta y analfabeta; que tenía catorce y treinta años a la vez; que logré la confesión de crímenes de dos o tres narcos del barrio solo por mi belleza; que sabía el nombre de todos los caballos del llano; que nos inventamos un signo zodiacal; que las alarmas de inundación de Toa Baja dicen mi nombre; que me acosté con hombres por letras; que era una actriz de novela turca y de películas bíblicas. Quiero que enseñes esta foto a tus amigos de universidad y digas que tú y yo rescatamos todos los televisores que los padres les robaron a sus esposas o a sus hijos; que fui dueña de la mejor ferretería del mundo, y que solo vendíamos inodoros color rosa; quiero que digas que lloré más en el funeral del Padre Darío que en el funeral de mi propio padre. Quiero que digas que fui empresaria y la mejor Chica Bombón, mucho mejor que la tal Maripily; quiero que digas que tuvimos dos casas, que mis tetas están llenas de bolitas de poliestireno. Y quiero que me entierres con este bikini blanco.

—¿Me lo prometes?